KB121532

백년 전의 충고
만고기담

백년 전의 충고

만고기담

萬古奇談

바상과 평범 · 생명과 죽음을 가르는 한 수

서신혜 글 · 손희정 그림

인물과
사상사

일러두기

1. 한국학중앙연구원 장서각 소장 『만고기담』을 대본으로 이 작업을 했다. 『만고기담』에 있는 290항목의 삽화 중 113항목을 뽑아 소개한 것이다. 왼쪽 면에 음영을 두어 쓴 것이 『만고기담』 내용이고 오른쪽 면에 쓴 것은 글쓴이가 평설을 단 것이다.

2. 『만고기담』에는 국한문혼용체와 언문체가 뒤섞여 있는 등 읽기가 쉽지 않으므로 내용을 훼손하지 않는 선에서 이를 현대 독자가 읽기 쉽도록 바꾸어 썼다. 제목도 대부분 새롭게 붙였다.

3. 이 책 끝에는 각 이야기가 『만고기담』의 몇 번째에 어떤 제목으로 있는지를 정리해놓았다. 그래서 원문을 찾아보기 원하는 사람이면 누구나 찾아볼 수 있도록 했다.

책머리에

●

이 책은 1900년대 초에 활동하던 교역자와 교육가가 교육 현장에서 편리하게 사용할 수 있도록 하기 위해 만든 예화집인 『만고기담』 중에서 현재를 사는 이들도 새겨둘 만한 이야기들을 가려 뽑아 평설을 붙인 것이다.

내가 처음 이 책을 볼 때에는 "100년 전에 이런 예화집도 만들었구나" 했다. 하나둘 읽어나가면서는 "어! 재미있는 것도 있네" 했다. 계속 읽어나가는 동안 만난 것 중에 왠지 문득문득 뭉클한 것이 있고, 가슴에 묵직이 내려앉는 것도 있었는데 한참 동안은 인지하지도 못했다. 논문에 인용할 것 몇 개를 입력하다가 문득 내가 사랑하는 사람들에게 이것을 읽히고 싶다고 생각했다. 다시 읽으면서는 모두가 읽도록 책으로 만들어야겠다고 생각했다.

100년 전 예화이니 촌스러울 것이라고, 시대에 뒤떨어질 것이라고 생각할 수많은 독자가 있을 것이라 예상한다. 나도 그랬다. 건방진 마음으로 조금은 높이 앉아 내려다보는 듯한 마음으로 읽기 시작하다가, 불시에 허를 찔린 듯 코가 시큰한 경험을 많이 했다. 단순한 감동 이상의 삶의 중요한 충고로 받을 만한 이야기들임을 인정하지 않을 수 없었다. 그런 경험을 한 후에야 겸손하게 열린 마음으

로, 100년 전 사람처럼 순수한 마음으로 돌아가 각 이야기
에 집중했다.

어느 쪽을 펴서 읽어도 괜찮다. 하나의 스토리로 이어진
것이 아니니까.

유난히 빨리 봄꽃이 한데 어우러져 피는 2014년 봄에

서신혜 쓰다

세 번째 충고 ❋ 종교

네 번째 충고 ❈ 행동 방식

다섯 번째 충고 ❈ 후회

여섯 번째 충고 ❋ 죽음

첫 번째 충고

인
생

인생은 기차로 여행하는 것과 같다.
여행을 즐거워할 즈음에 갑자기 내리게 된다.

인생은 기차 여행이다

•

인생은 기차로 여행하는 것과 같다. 처음 탈 때에는 손님이 많다. 이후 한 역을 지나고 두 역을 지나는 동안 내리는 사람과 타는 사람이 생긴다. 그러는 중 기차 여행을 즐거워할 즈음에 나는 갑자기 내리게 된다.

이와 같이 세상에서 자식을 얻고 손자를 얻어서 즐거움을 붙일 만하면 무덤으로 들어가게 되는 것이다.

●

즐거움을 누릴 만하면 죽을 때가 된다는 말 속에서 인간 삶의 짧음을 되새기게 된다. 기차에 타고 내림으로 인간의 태어남과 죽음을 표현했다. 삶에서 우리는 누군가 태어나는 것도 보지만 끊임없이 누군가 죽는 것도 본다.

하지만 그 죽음이 내게 지속적인 영향을 주지 못하고, 그 죽음이 즉시 내게 올 수 있다는 것도 절감하지 못하며 산다. 남들만의 일인 것처럼 살지만, 여행은 늘 짧고 언제고 기차에서 내릴 때가 온다.

가족은 흩어지는 것이다

●

부부, 형제, 친자식, 일가친척이 한 집에 모여 있는 것이
숲 사이에서 자는 새나 여객선에 탄 승객과 같고 시장에
모인 무리와 같아서 일이 끝나면 사방으로 흩어진다.

●

물론 관계나 감정에는 우선순위가 있다. 나의 가장 밑바탕이 되는 가정이나 가족을 우선해야 하는 것은 맞다. 하지만 그 도를 넘어서 오직 제 가족밖에 모르는 경우에까지 이르러 남에게 피해를 입힐 뿐만 아니라 자기 자신도 망치는 사람이 나온다. 가족은 그 자체가 영원한 것이거나, 그 자체가 영원한 목적이 될 수 없다. 세상에 있는 동안에 각 개인의 성장과 성숙을 위해 조물주가 이루어준 것이다. 저 세상까지 영원히 가지 않는다. 세상의 가족은 금세 모였나 싶다가도 금세 흩어지는 것이다. 그러니 그 가족에만 집착할 것이 아니다.

고통 없는 인생은 없다

•

아, 맑은 바람아! 너는 세계를 두루 다녔으니 나에게 가르쳐다오. 북극의 얼음길이라 해도 혹독하게 뜨거운 사막이라고 해도. 아! 나는 상관하지 않고, 싫어하지 않을 것이다. 괴로운 수고가 없는 곳이 있다면 말해다오. 가르쳐다오. 나는 곧장 그곳으로 가겠다. 바람은 이 말을 듣고는 그저 떨치고 가버렸다.

아! 밝은 달아! 너는 지구 위를 다 살펴서 나에게 말해다오. 나루마다 포구마다, 산꼭대기나 골짜기 사이에라도 이 쓴 수고가 없는 곳이 있다면 제발 은혜를 베풀어 내게 가르쳐다오. 나는 재물을 던져버리고 명예도 돌아보지 않으며 지위까지도 버리고 그곳으로 가겠다. 달은 웃으며 답하지 않았다.

●

괴로운 수고가 없는 곳이 그 어디에도, 그 누구의 인생에도 없다면, 그것을 벗어날 궁리를 하기보다 그 가운데에서 도 누릴 수 있는 행복을 찾아야 할 것이다.

인생은 적응하기 나름이다

●

일본 도쿄東京에 사는 개구리가 있었다. 도쿄가 점점 개발되면서 버려졌던 땅이 밭이 되고 밭이 택지도 되며 공장지대도 되어 살 곳이 점점 좁아지게 되었다. 그러다 보니 변변히 맛있는 것도 못 먹고 목청껏 소리 내어 우는 것도 마음대로 못하는 것이 괴로웠다.

이때에 한 벗이 교토京都라는 지방을 소개해주었다. 기후도 좋고 경치 좋은 곳도 많고 먹을 것도 풍족해 참 지내기 좋다고 했다. 그래서 어떤 방법으로든 교토로 가야겠다고 생각하고, 자기가 살던 곳을 버리고 떠났다.

특별한 탈 없이 한참을 가다가 산 중턱쯤에 이르니 반대편에서 다른 개구리 한 마리가 짐을 지고 오는 것이 보였다. 도쿄 개구리가 그를 만나 말했다.

"험한 산이니 얼마나 고생이 많으시오. 잠깐 쉬시지요."

"이 산은 듣던 것보다 험해서 매우 힘들었습니다."

"아, 그러셨겠지요. 그런데 실례지만 어디에서 어디로 가십니까?"

"교토에서 도쿄까지 가려고 생각하고 있습니다."

"아, 그래요? 나는 도쿄에서 교토까지 가는 길입니다."

이야기를 해보니, 교토 개구리도 교토가 좋지 않게 되어 도쿄로 이사를 가려고 여기까지 온 것이었다. 서로 자세히 이야기를 들어보니 아무래도 좀더 살펴보아야 할 것 같았다.

"그러면 이 산에서 서로 갈 곳을 망원경으로 살펴본 후에 길을 떠납시다" 하며 서로 가방에서 망원경을 꺼내 살펴보았다.

"……."

"아니, 이거 안 되겠네. 저기도 내가 살던 곳과 똑같네. 교토로 가 봤자구나……. 가지 말아야겠다."

"참, 그렇구려. 도쿄가 좋다고 하더니 교토와 똑같구려. 나도 가지 않겠소."

두 개구리는 그대로 돌아갔다. 개구리의 눈은 뒤통수에 있는 까닭에 도쿄 개구리는 도쿄를 보고, 교토 개구리도 교토를 본 것이었다. 사람의 사는 것에, 어디 특별히 좋은 곳이 있는 것이 아니다. 오직 자기에게 있다.

눈이 뒤통수에 달려서 그 눈으로 보면 지난 길이나 떠나온 세계가 보이는 것을 모르는 개구리가 참 어리석다. 그런 개구리가 하는 말이나 행동을 보며 우리는 마음껏 비웃을 수 있다. 하지만 개구리가 비웃음 받을 만하게 내린 결론은 사실 진리에 가깝다. 사람 사는 곳은 어디나 비슷하다는 말은 지금도 많이 하는데 어쩌면 이렇게 100년 전 사람도 똑같이 말할까?

고집스레 정말 특별한 세계가 있을 것이라고 믿고 싶지만, 100년 전 사람도 똑같이 말하는 것을 보니 이제 고집을 그만

피우고 진리를 받아들여야 하지 않나 싶다. 조금 더 편리한 곳은 분명히 있지만 적응해 살다보면 사람 사는 곳은 대체로 비슷하게 살 만한 곳이다. 좀더 좋은 곳, 좀더 행복할 수 있는 곳은 대개 내 마음이 만들어낸다.

지하철을 오래도록 타야 출퇴근이 가능하다면 그 시간만큼 은 다른 곳에 갈 수도 없고 한곳에만 서 있거나 앉아 있을 테 니 '생각'에 집중할 수 있는 기회를 매번 얻는다며 감사할 수 있다. 늘 만원 버스에 시달린다면 날마다 노력하지 않아도 사람들의 모양을 관찰하며 사는 이야기를 들을 수 있는 기회 를 저절로 얻는다며 유익하게 여길 수도 있다.

다시 태어나지 마라

●

우리가 무덤을 두드려서 죽은 사람에게 "이 세상에 다시 오기를 원하는가?" 물으면 죽은 사람은 고개를 저으며 아니라고 답할 것이다. 하나님이 내려주신 우리의 육체를 가지고 악마의 밥이 된다면 진실로 슬퍼하고 애통할 일이다. 시인 바이런은 말하기를 "30년 동안 단 11일만 즐거웠다"고 했고, 칼리프왕은 "재위 50년에 14일이 즐거웠다"고 했으며, 비스마르크는 "내가 큰 명성을 얻을 줄로 스스로 생각하지만, 이 큰 명성이 행복하다고 느낀 것은 평생 중에 24시간에 불과했다"고 했다.

사도 바울은 말하기를 "오호라 나는 곤고한 사람이로다. 이 사망의 몸에서 누가 나를 건져내랴" 했고, 솔로몬왕은 "만고의 부귀영화를 다 누려본 후 확실히 깨달은 것은 헛되고 또 헛된 세상이요, 비고 또 빈 세상이라"고 했다.

●

바이런Byron, 1788-1824은 영국의 대표적인 낭만주의 시인이
다. 수려한 외모 때문에 여러 소문을 낳기도 했던 인물이다.
비스마르크Bismarck, 比斯麥, 1815-1898는 통일 독일 제국을 건설
한 프로이센의 외교관이자 정치인이다. 이인직의 소설 『혈
의 누』에는 "구씨의 목적은 공부를 힘써 하여 귀국한 뒤에
우리나라를 독일국 같이 연방도로 삼되, 일본과 만주를 한
데 합하여 문명한 강국을 만들고자 하는 비사맥 같은 마음이
요"라는 대목이 나오기도 한다.

사도 바울과 솔로몬의 말이라고 하는 것은 「로마서」(7장
24~25절)와 「전도서」(1장 2~3절)의 구절에서 가져온 것이다.

"오호라 나는 곤고한 사람이로다. 이 사망의 몸에서 누가 나
를 건져내랴. 우리 주 예수 그리스도로 말미암아 하나님께
감사하리로다. 그런즉 내 자신이 마음으로는 하나님의 법을
육신으로는 죄의 법을 섬기노라."

"헛되고 헛되며 헛되고 헛되니 모든 것이 헛되도다. 해 아래
에서 수고하는 모든 수고가 사람에게 무엇이 유익한가."

선과 악은 함께 있다

•

나의 하나님이시여! 어찌하여 이 격렬한 전쟁이 있습니까? 우리의 마음속에 두 개의 사람이 있음을 느낍니다.

－프랑스 시인 라시

한 사람은 내 마음을 격려하여 전폭적인 사랑으로 생활하고 당신께 충성을 다하고자 합니다. 한 사람은 늘 나의 선한 뜻에 반대하여 반역의 깃발을 날리고자 합니다. 저 사람은 날아와서 나와 싸우기를 돋우어 나로 하여금 어느 곳에서든지 평화를 볼 희망이 사라지게 합니다. 나는 평화하려고 합니다. 그러나 성취하지 못했습니다. 나는 평화하기를 희망합니다. 그러나 슬픔을 느낄 때가 많습니다. 원하는 선은 행하지 못하고 싫어하는 악은 행하게 됩니다.

●

프랑스 시인 라시의 시를 옮긴 것이다. 이것은 『성경』에서 사도 바울이 탄식했던 내용이기도 하다. 「로마서」 7장 18~24절에 나온다.

"내 속 곧 내 육신에 선한 것이 거하지 아니하는 줄을 아노니 원함은 내게 있으나 선을 행하는 것은 없노라. 내가 원하는 바 선은 행하지 아니하고 도리어 원하지 아니하는 바 악을 행하는도다. 그러므로 내가 한 법을 깨달았노니 곧 선을 행하기 원하는 나에게 악이 함께 있는 것이로다. 내 속사람으로는 하나님의 법을 즐거워하되 내 지체 속에서 한 다른 법이 내 마음의 법과 싸워 내 지체 속에 있는 죄의 법으로 나를 사로잡는 것을 보는도다."

예나 지금이나 사람은 선과 악의 싸움 가운데서 매사를 결정한다. 오늘 선을 행했다고 자만할 수 없고 마음을 놓을 수 없는 이유가 여기에 있다. 그래서 늘 기도한다. 내 안의 악을 이기고 늘 선을 행할 수 있는 힘을 달라고……

때에 맞춰 살며 기뻐하라

●

새봄이 왔습니다. 큰 나무에 새 잎이 났어요. 연둣빛 예쁜
잎이. 하루하루 시간이 흘러 이제 조그마한 잎사귀가 되
었습니다.

어느 날 조그마한 잎사귀가 훌쩍훌쩍 울고 있는 것입니
다. 잔가지가 물었습니다.

"얘, 잎사귀야! 너 왜 그러니? 왜 그렇게 우는 거야?"

"아까 바람이 지나면서 내게, '오호! 쪼그만 놈. 조금만 더
커라. 내가 너를 땅에 떨어뜨려 버릴 테니까' 했어요. 무
서워요."

그 조그마한 잎사귀에 울음이 가득합니다.

잔가지가 이 말을 큰 가지에게 전하고, 큰 가지는 나무에
게 전했습니다. 나무가 잎사귀에게 말을 합니다.

"얘야, 무서워할 것 없단다. 나뭇가지를 꼭 붙잡고 있기만
하면 아무도 너를 억지로 떼어가지 못한단다. 너는 가지
에 꼭 붙어 있기만 하면 되는 거야."

큰 나무를 다시 보니 듬직했습니다.

"네."

이제 잎사귀는 팔랑거리며 노래하면서 하루하루 살게 되었습니다. 살랑살랑 나무가 움직이면 따라 움직이면서 날마다 날마다 살아갑니다.

"누가 나를 어찌하리오."

잎사귀는 흥이 나서 여름부터 가을까지 잘 자라갔습니다. 가을이 되었습니다. 참 맑고 깨끗한 날입니다. 저 멀리 있는 나무까지 너무나 잘 보입니다. 그 조그마한 잎사귀는 문득 동무 잎사귀들을 보았습니다. 어떤 것은 노랗게 되었고, 어떤 것은 붉게도 되었습니다. 노란 빛과 붉은 빛이 섞인 것도 있습니다.

"우와, 예쁘다."

나무에게 물었습니다.

"왜 저렇게 된 거예요?"

"모든 잎사귀는 어디로 날아가려고 준비한 거란다. 기뻐서 이런 고운 새 옷을 입은 거지."

이 말을 들으니 잎사귀는 자기도 날아가고 싶은 생각이 간절해졌습니다. 마음이 더욱 간절해지자 마침내 다른 잎사귀처럼 자기도 아름다워지고 빛도 화려해졌습니다. 그때 문득 나뭇가지들의 빛은 그대로인 것을 발견했습니다.

"나뭇가지님! 나뭇가지님은 왜 색깔이 예쁘게 변하지 않은 건가요? 왜 우리만 변하는 거예요?"

"우리는 아직 여기에서 해야 하는 것을 다 하지 못했으니까 헌 옷을 그대로 입은 거야. 너희들은 일을 다 했으니까 이제 예뻐져서 잘 놀게 된 것이란다."

마침 그때에 바람이 솔솔 불었습니다. 잎사귀가 무심코 붙들고 있던 나뭇가지를 놓았더니 바람이 잎사귀를 붙들어 가지고 날아갑니다. 오른쪽 왼쪽으로 가볍게 날아가다가 다른 잎사귀들이 많이 쌓인 어느 골짜기에 곱게 내려다 놓았습니다. 잎사귀는 무슨 아름다운 꿈을 꾸나 봅니다. 영원히 깨지 않을 아름다운 꿈!

•

우리가 잎이라면 그때 우리가 할 일은 가지에 잘 붙어 있는 것이 전부다. 오직 잘 붙어 있으면서 잎으로서 누릴 모든 것을 누리고 기뻐하며 살면 된다. 뿌리가 빨아들여 줄기와 가지를 통해 가져다준 양분과 물을 마시며 오직 기뻐하며 가지에 잘 붙어 살기만 하면 된다. 쓸데없이 바람을 걱정할 필요가 없다. 그러다 또 때가 되면 옷을 바꿔 입듯 색이 바뀌는 것을 받아들이며 그 색깔을 내 것이라 받아들이면 되고, 또 때가 되어 가지가 손을 놓아주면 바람에 몸을 맡기면 된다. 미리 겁내지도 걱정하지도 싫어하지도 않고 그때에 맞춰 살며 기뻐하는 것! 그것이 다다. 오직 우리가 할 일은 나뭇가지에 붙어서 기쁘게 살다가 때가 되어 아름다운 저 세상으로 가는 것이다.

미래는 알 수 없다

●

어떤 부잣집 부인이 있었다. 그는 교만하여 항상 사람을
비웃는 사람이었다.

하루는 가난한 이웃 마을 어느 가난한 집에서 아들을 낳
았다는 소식을 듣고는 말하기를 "입 하나는 낳았으나 먹
을 것은 어디에서 낳으려고 그러나?" 하는 것이었다.

그 뒤로 오래지 않아 그 부잣집의 아들이 죽었다. 가난한
집 부인이 그 소식을 듣고는 그제야 비웃으며 말했다.

"먹을 것은 비록 많지만 입은 어디에 두었는가?"

●

남의 집 죽음의 소식에 같이 슬퍼하기는커녕 비웃는 가난한 이웃이 잘했다는 것은 아니다. 그러나 그를 그렇게 만든 것이 부잣집 부인의 교만이었음을 인정하지 않을 수 없다. 돈은 사람에 따라 많고 적기도 하다. 하지만 앞일을 모르는 것은 모든 인간이 똑같다. 그것은 조물주가 오직 조물주의 주관에 두셨다. 그것을 통해 인간과 조물주가 다르다는 것을 알고, 인간이 자신의 분수에 맞게 행동하게 했다. **앞일을 모르는 사람이 할 일은 오직 겸손밖에 없다.**

말한 대로 이루어진다

•

세 아이가 있었다. 첫째 아이의 이름은 '못해'였다. 모든
일에 대해 다 못하겠다고 하는 아이였다. 둘째 아이의 이
름은 '안 해'였다. 일마다 다 안 하겠다고 하는 아이였다.
셋째 아이의 이름은 '해'였다. 무슨 일이든지 다 하겠다고
하는 아이였다.
이 세 아이가 커서 어른이 되었다. 결국 '못 해'와 '안 해'
라는 두 아이는 '해'라는 아이의 종이 되었다.

●

말에는 힘이 있다고 한다. 하나님도 세상을 말씀으로 창조하셨다고 했다. 누구나 일단 말을 하면 그 말에 스스로 영향을 받는다. 말이 자기 마음을 다잡게 하고, 미미하나마 그 마음이 행동의 변화를 일으킨다. 심지어 그 말에 환경이 바뀌는 놀라운 일을 경험하게 되는 수도 있다. 지금 내가 하는 말과 내가 갖춘 태도가 이후의 많은 것을 결정한다.

사람다워야 귀한 것이다

●

옛날 인도에 한 유명한 왕이 있었다. 이 왕은 매우 겸손하여 누구를 만나든지 먼저 머리를 숙여서 인사했다. 신하와 하인들은 이것 때문에 도리어 왕을 비웃었다.

하루는 어떤 신하가 왕께 나아가서 이렇게 아뢰었다.

"사람의 신체 중에 가장 귀한 것은 머리입니다. 하물며 왕께서는 온 나라에서 으뜸 되는 분이신데 늘 머리를 숙여 인사하심은 도리어 예의가 아닙니다."

왕이 이 말을 들은 지 며칠 후, 즉 정월 초하루에 그 신하를 불렀다.

"짐이 오늘 그대에게 부탁할 일이 있노라."

왕은 뼈만 남아 있는 말 두개골과 고양이의 두개골과 사람의 두개골 하나씩을 내어주면서 시장에 가서 팔아오라고 했다. 그 신하는 왕의 명령이라 거역할 수 없어서, 두개골 셋을 가지고 시장에 가서 부끄러움을 무릅쓰고 외쳤다.

"사람의 두개골과 말 두개골과 고양이의 두개골을 사시오. 싸게 팔겠습니다."

마침 어떤 사람이 '정월 초하루에 고양이의 두개골을 집에 두면 쥐가 없어진다'는 말을 들었다며 고양이 두개골을 사갔다. 조금 후에 또 어떤 사람이 '말의 두개골을 문위에 달아두면 병이 들어오지 못한다'는 말을 들었다며 말 두개골을 사갔다. 사람의 두개골만 남았다. 종일토록 시장을 돌아다니면서 '사람의 두개골을 싸게 팔 테니 누구든지 사가라'고 아무리 외쳐도 '정월 초하루 날에 미친 놈 나왔다'며 도무지 사가는 사람이 없었다. 저녁이 되어 할 수 없이 그대로 왕궁으로 돌아오니 왕은 빙그레 웃으면서 말했다.

"그대가 전에 사람의 머리가 제일 귀하다 말하더니 지금 보니 사람 머리가 제일 값이 없는 것이 아닌가. 사람의 머리가 제일 귀하다고 하는 이유는 그 머리로 선을 생각하고 겸손한 예의를 갖추기 때문이오. 만일 선한 생각, 겸손한 예의가 없으면 저 고양이나 말의 두개골만 못한 것이라오. 이제부터 그대는 더욱 겸손한 예의를 기르도록 하시오."

●

사람은 만물의 영장이라고, 사람이 세상에서 제일 귀하다고 너무나 당연한 듯 말을 한다. 그런데 실상 왜 가장 귀할까에 대해서는 생각하지 않는다. **사람다워야 사람이라는 말을 이 이야기에서 새삼 생각하게 된다.**

자신을 부끄러워하지 마라

●

카레이는 원래 신발 만드는 기술자의 아들이었다. 자기 신분이 비천한 것을 조금도 부끄럽게 여기지 않고 더욱 참고 자기 일에 마음을 다하더니 마침내 인도의 큰 전도사가 되었다.

카레이가 어렸을 때에 하루는 나무 위에 올라가다가 발을 헛디뎌서 떨어진 적이 있었다. 발을 다쳐서 몇 주 동안 자리에 누워 고생하다가 조금 나아지자, 곧장 지팡이를 짚고 걸어서 지난번에 떨어졌던 나무에 다시 올라갔다.

한번은 인도 총독이 주관하는 연회 자리에 참가했는데, 어떤 벼슬아치가 일부러 큰 소리로 "저 카레이는 신발 만드는 사람 자식이고, 그도 신발 만드는 사람 아니었나?" 하며 옆에 있는 사람에게 묻는 것이었다.

카레이는 이렇게 말했다.

"완전한 신발 기술자도 못되고 찢어진 신발이나 고치던 천한 사람이랍니다."

카레이는 평생 동안 전도하는 큰 일을 할 때에 과연 굽지도 부러지지도 않는 용기를 가지고 했고, 또 고결하고 신령하게 행했으므로 인도 지방에 커다란 교회당을 16개나 창설했으며, 『성경』을 16개 방언으로 번역했다. 종교계의 위대한 혁명적 큰 인물이 되었던 것이다.

●

윌리엄 카레이William Carey, 1760-1834는 영국 사람이다. 나중에 선교사의 꿈을 가지고 기도하던 끝에 인도 선교에 부르심을 받아 1793년 인도의 캘커타로 들어가 41년 동안 한 번도 인도를 떠나지 않으며 복음 전도에 힘썼다. 카레이의 대답을 들은 사람이 이후에 어떻게 되었을지 궁금하다.

남을 생각하라

•

미국 보스턴Boston의 어느 교회에 있는 한 목사는 사상가
이자 웅변가로 명성이 자자했다. 이 교회의 한 과부가 아
들 넷과 함께 아주 가난하게 생활하는데, 게다가 오랜 병
을 앓고 있었다.

목사가 자주 심방하여 위로했는데, 하루는 목사가 가서
"공원에 가서 신선한 공기를 들이마시는 것이 좋겠습니
다" 하자, 과부가 "이 집안일과 아이들은 어찌하고요?" 했
다. 목사는 즉시 부인을 대신하여 집안일과 아이를 돌봐
주고, 부인에게는 가서 바람을 쐬게 했다.

미국에서 유명한 대웅변가요 큰 교회의 목사로서 이와 같
은 아름다운 행위를 하는 것을 보니, 그 교회가 앞으로 어
떻게 될지 미리 알 만하다.

●

가장 가난하고 보잘것없는 이를 돌보는 것이 우리의 도리다. 그런데 명성이 생기고 지위가 높아지다 보면 이런 일은 남의 일처럼 된다. 이미 유명한 설교자요 큰 교회의 담임목사가 된 사람이 한 가난한 과부를, 그것도 자주 몸소 찾아갔다는 것도 흔치 않은 일이요, 그에게 잠시나마 바람을 쐬게 해주기 위해 집안일을 하고 아이를 돌봐주는 일은 더욱 드문 일이다. 하지만 흔치 않을 뿐 그것은 당연히 우리가 본받아야 할 행위다.

그것도 괜찮다

●

어느 농부의 아들이 어느 날 아버지에게 갔다.

"아버님, 오늘 아침에 그 양이 쌍둥이를 낳았습니다."

"어허, 그것 참 좋은 일이다. 한번에 둘씩 새끼 치는 양은 과연 돈을 모으게 해줄 놈이로다."

"그런데 그중 한 놈이 죽었답니다."

"그것도 괜찮다. 한 놈이 죽으면 한 놈을 잘 기르면 된다."

"그런데 그 한 놈마저 죽었답니다."

"그래도 괜찮다. 새끼가 없으면 어미가 살찌게 되지."

"그런데 그 어미도 죽었답니다."

"아, 그 또한 괜찮다. 그 양은 성질이 나빠서 다른 양들을 해쳤으니 죽은 것이 도리어 다행이로다."

●

모든 일을 이렇게 생각하며 만족할 수 있다면, 그 사람에게서 평안과 행복을 빼앗을 수 있는 이는 아무도 없다.

벗을 가려서 사귀라

●

한 농부가 논에 벼를 심고는 새가 열매를 먹는 것을 막기 위해 벼 위에 그물을 쳐 두었다. 어느 날은 그물에 황새가 많이 걸렸으므로 가서 잡았다. 이때에 학 한 마리가 같이 그물에 걸려 있었다.

학이 애걸하면서 "농부님! 저는 황새가 아니고 학입니다. 만일 믿지 못하시겠으면 깃털을 보십시오. 저는 확실히 황새가 아니라 학입니다. 그러니까 저는 놓아주세요" 하니 농부가 웃으며 말했다.

"네 말대로 네가 학인 것은 맞다. 그렇지만 내가 황새는 다 잡아 죽이면서 어찌 너만 살릴 수 있겠느냐? 네가 어찌하여 황새 무리와 같이 다녔느냐?"

그러니 벗을 삼가 택해 사귀어야 한다.

●

『논어』「계씨편」에 보면 유익한 벗과 해로운 벗을 분류해놓았다. 정직한 사람, 신의 있는 사람, 배운 것이 많은 사람은 유익한 벗이라 했고, 편벽된 사람이나 아부하기 좋아하는 사람이나 말만 번드르르한 사람은 해로운 벗이라 했다. 나는 누구와 어울리고 있으며, 나는 남에게 어떤 벗인지 생각해볼 시간이다.

내일은 늘 내일이다

●

어느 이발사가 돈을 많이 벌 목적으로 문 앞에 큰 글자로 '내일은 무료'라고 써 붙였다. 이튿날 많은 사람이 와서 머리를 깎았다. 머리를 깎은 후에 이발사가 이발료를 달라고 했다. 손님이 "내일은 무료라 광고하더니 어찌하여 이발료를 달라고 하는가?" 하니, 이발사가 그 손님을 데리고 나가 광고를 자세히 읽게 하면서 "내일은 무료라 했으나, 오늘은 이발료를 내셔야 합니다" 하는 것이었다.

성령께서는 항상 말씀하시기를 "오늘이라 일컫는 동안에 회개하라" 하며, 마귀는 항상 말하기를 "내일 회개해도 늦지 않다" 한다. 그러므로 성령의 사전에는 내일이라는 글자가 없고, 마귀의 사전에는 오늘이라는 글자가 없다. 우리가 깊이 생각하면, 믿지 않는 사람에게 전도할 때에 오는 주일부터 믿자고 가르치지만, 다시 생각하면 오늘부터 믿기 시작하고 오는 주일부터 예배당에 다니기 시작하자고 하는 것이 마땅하다. 저 악한 마귀가 우리에게 행하는 것이 저 이발사가 하는 짓과 같다.

하지 않아도 될 일이면 하지 마라. 해야 하는 일이면 하라. 무엇을 고쳐야 하면 당장 고치고, 무엇을 그만두어야 하면 당장 그만두고, 무엇을 신청해야 하면 당장 신청하고, 무엇을 해야 하면 당장 시작하라. **내일은 영원히 내일일 뿐이다. 해야 할 일인 줄 알면서 미루는 것은 얼마나 어리석은가?**

『맹자孟子』「등문공 하滕文公 下」에 이런 이야기가 있다.

"지금 사람 중에 날마다 이웃집의 닭을 훔치는 자가 있다 합시다. 어떤 사람이 그에게 '이는 군자의 도리가 아니다'고 하자, 대답하기를 '훔치는 수를 줄여서 달마다 닭 한 마리를 훔쳐 먹다가 내년 되기를 기다린 뒤에 그만두겠다'고 하는 것이로다. 만일 의가 아님을 안다면 속히 그만두어야 할 것이니 어찌 내년을 기다리겠습니까."

이기심을 버려라

●

한 사람이 기차를 타고 여행을 하게 되었다. 이 사람은 다른 사람을 아끼고 돌아보는 마음은 손톱만큼도 없이 오직 이기심만 가득했다. 그가 기차 안 의자에 자리를 잡고는 그 옆에 자기 가방을 놓았다. 가다가 어느 역에서 어떤 한 사람이 승차했다. 기차 안에 사람이 많고 좁았다. 아무리 두리번거리며 살펴보아도 모두 의자 하나에 두세 사람씩 앉아 있었다. 할 수 없이 이 사람에게 가서 의자에 놓인 짐이 누구의 짐이냐고 물으며 치워달라 청하니, 그 사람이 "다른 사람의 짐인데 그 주인이 방금 다른 칸으로 갔소. 곧 올 것이오" 했다. 나중에 탄 승객이 그 가방을 들어 자기 무릎에 놓고 주인이 돌아오기를 기다렸다.

그러는 사이 기차는 화살과 같이 달렸다. 처음 탄 사람이 내릴 역에 점점 가까워지고 있었다. 가까워질수록 처음 탔던 사람의 머릿속이 복잡해졌다.

"남의 가방이라 말해놓았으니 가방을 들고 내리기도 어렵고, 이제 와서 말을 바꾸어 내 가방이라 하면 전에 거짓말한 것이 들통나게 되는데

어쩐다……."

생각다 못해 염치없음을 무릅쓰고 가방을 가지고 가고자
하니 그 사람이 말하기를 "이 가방 주인이 돌아오면 내가
넘겨주겠소" 하는 것이었다.

이 사람은 더욱 마음이 어지러웠다. 나중에 탄 사람이 내
릴 때까지 따라가서 그 사람이 내린 후에야 자기 가방을
차지하려니, 차비도 적지 않고 또 자기가 처리하려고 가
는 일도 모두 수포로 돌아가게 될 지경이었다. 결국 그는
할 수 없이 빈손으로 역에서 내렸다.

●

요즘도 지하철에서 자기 편하게 가겠다고 자기가 앉은 자리 옆에 자기 가방을 놓아서 다른 사람이 앉지 못하게 하는 사람이 있다. 이 이야기를 읽는 동안 자꾸 그런 사람이 생각나 혼자 웃었다. 어쩌면 이렇게 100년 전이나 100년 후나 사람은 똑같은가?

아내의 바가지에 대처하는 법

●

소크라테스의 아내는 성질이 매우 악독했다. 그래서 이
큰 철학자를 매우 힘들게 하므로 벗들이 모두 이혼하라고
권했다.

그 말에 소크라테스는 "나에게 인내를 연습하게 하기 위
해 이와 같은 아내를 준 것이니 감사하다" 했다.

하루는 그 아내가 소크라테스에게 욕을 하는데 그 말이
상상할 수 없이 악독했다. 그러나 소크라테스는 아무렇지
도 않은 듯 참고 있었다. 그 아내가 남편 머리 위에 물통을
쏟아 물을 들이붓는데도 소크라테스는 여전히 조용히 앉
아 이렇게 말하는 것이었다.

"천둥 친 뒤에는 늘 비가 오는 법이야."

●

심각한 상황인데 자꾸 웃음이 나는 이야기다. 이렇게 대처할
줄 안다면 이혼하는 부부가 없겠다.

무조건 남 따라하기의 최후

●

금강석 하나가 길에 떨어져 오랫동안 굴러다니고 있었다.
하루는 어느 장사가 이것을 보고 집어서 임금에게 바쳤다.
임금은 그것을 사서 황금 사이에 박아 면류관을 꾸몄다.
조약돌이 이 소문을 듣고 가만히 있을 수가 없었다. 금강
석의 놀랄 만한 팔자 변화가 조약돌의 마음을 어지럽게
한 것이다.
어느 날 조약돌이 지나가는 농부에게 부탁을 했다.
"소원이 있습니다, 영감님! 나를 서울로 데려다 주십시오.
소문을 들으니 금강석이란 놈은 기가 막히게 출세했다던
데, 나는 어찌 진흙 속에 있으면서 이런 천대를 받고 고생
만 한단 말입니까? 그럴 수가 있습니까?
그 놈은 그렇게 귀하게 여겨지는데……,
그 놈은 나와 다름 없는 놈이었는데…….
그 놈은 내 동무였는데…….
나를 좀 데려다 주십시오. 혹시 나도
서울 가면 값이 뛸지 어찌 알겠습니까?
나를 좀 데려다 주십시오."

농부는 그 조약돌을 덜그럭거리는 자기 수레에 얹어서 저 잣거리로 가져갔다.

조약돌은 스스로 '이제는 내가 가서 그 금강석 놈하고 나란히 있을 수 있게 되겠지'라고 생각하며 수레에서 이리 데굴 저리 데굴 했다.

그러나 조약돌은 결국 얼토당토않은 운명에 잡혔다. 물론 조약돌도 쓰이기는 했다. 길 가운데 구덩이를 메우는 데에 쓰였다.

●

각 존재에게는 각 존재에 맞는 쓰임이 있고, 각 존재에 맞는 자리가 있다. 남이 잘 되어, 그가 내 자리를 차지해버린 것이 아니다. 각각의 것이 그 성질에 맞는 제 자리에 있을 때 비로소 그 가치가 100퍼센트 발휘되는 것이요, 가장 아름다운 것이요, 가장 완벽한 운명을 만난 것이다.

이슬만 먹다가 굶어 죽는다

●

어느 여름이었다. 한 나귀가 길을 가다가 수풀 사이에서
예쁜 소리를 내는 베짱이를 보았다.
"너는 무엇을 먹길래 이처럼 고운 소리를 내니?"
"나는 이슬을 받아먹어서 이런 소리를 내는 거야."
나귀는 그때부터 꼴을 먹지 않고 이슬만 먹다가 열흘도
못되어 굶어 죽고 말았다.

●

체질에 맞는 삶, 체질에 맞는 식생활이 최고다. 어찌 보이는 문제만 그러하랴. 보이지 않는 것도 자기만의 것이 있다. 그러니 자기의 삶의 길을 우직하게 걸어갈 일이다.

먹을 것은 시어머니도 녹인다

●

한 며느리가 있었다. 그 시어머니의 구박이 어찌나 심한
지 견딜 수가 없었다. 며느리가 하루는 동서에게 말했다.
"나는 시어머니 때문에 못 살겠네. 그래서 죽으려고 하는
데, 죽기 전에 동서나 한 번 더 만나 보고 죽으려고 왔다
네."
동서가 말했다.
"형님이 왜 죽어요. 시어머니가 죽어야지요."
"그도 그럴듯하지만 어떻게 해야 어머니가 먼저 죽을까?"
"죽이는 수가 있으니 형님은 내 말대로 해보세요. 밤 한
말을 사다가 구어서 먹이면 그 밤 한 말을 다 먹지 못해 죽
는다고 합디다."
그 며느리가 즉시 밤 한 말을 사다가 구어서 시어머니에
게 드렸다. 하루도 거르지 않고 시어머니에게 드려서 그
한 말 밤이 다 떨어져 가는데도 시어머니는 죽지 않는 것
이었다. 다시 동서를 찾아가서 따졌다. 동서가
대답했다. "밤 한 말 중에서 덜어서 아이들 먹인
적은 없어요?"

"그야, 당연히 아이들이 조금 먹었지."

"그것 때문이에요. 이제는 다시 한 말을 사다가 아이들은 한 톨도 먹이지 말고 온전히 시어머니만 먹이세요."

또 돌아가서 말 그대로 했다. 그랬더니 시어머니가 감동하여 며느리와 손자들을 극진히 사랑하게 되었다. 그 며느리가 동서에게 다시 찾아가 말했다.

"이제는 시어머님이 돌아가시지 않았으면 좋겠어."

•

함께 밥 먹은 정은 깊다. 특별히 대접한 정은 더욱 깊다. 지금 당장 100퍼센트 순수한 마음으로 대접하는 것이 아닐지라도, 대접하는 동안 내 마음이 조금씩 바뀔 수도 있다. 손님 대접하기에 힘쓸진저.

급히 한 공부가 탈난다

●

어떤 집에서 딸을 출가시킬 때가 되었다. 미리 교육하지
못한 까닭에 출가할 때가 다 되어서 급히 가르치기를 "시
댁에 가거든 말할 때 늘 존대해야 한다. 무슨 말을 하든지
'님' 소리를 붙이거라" 하며 어머니가 신신당부했다.

그 딸이 시집간 지 며칠이 되었다. 부엌에서 밥을 지어서
샛문으로 들어가려고 하는데, 마침 시아버지께서 샛문 앞
에서 목침을 베고 누워 있는 것이었다. 며느리가 말했다.

"아버님, 대가리님 치우시오. 내 발님이 들어갑니다."

근본적 교육이 있어야 되는 것이다.

●

무엇을 가르칠 때는 왜 그래야 하는지를 가르치는 것에 집중해야 한다. 비록 이 일이 오래 걸려서 그저 이 부분을 대충한 후 달려가고 있는 사람보다 뒤쳐질 수는 있지만, 나중에 보면 왜 그래야 하는지를 충분히 알고 일을 한 사람이 더 빨리 가고 더 훌륭하게 많은 일을 해낸다.

이 어머니는 딸에게 '존대'라는 것이 무엇인지, 왜 그래야 하는지를 알리기에 힘썼어야 한다. 존대는 존중하는 마음의 표현이라는 사실을 충분히 가르치면 사람이 아닌 물건을 존대하지는 않았을 것이다. 존대는 상대를 존중하는 마음을 중심으로 하므로 단순히 사람에게 '님'자를 붙이는 것이 아니라 그 대상을 존중하는 마음을 키우는 데에 힘써 나가야 한다.

그런 마음을 미루어 적용하면 온갖 예의범절을 알게 될 것이요, 많은 사람의 사랑을 받게 될 것이다. 근본 이유, 근본 정신을 먼저 철저히 가르쳐야 하는 이유는 바로 이런 적용력, 발전 가능성 때문이다.

사랑은 일도 하고 싶게 만든다

●

벼룩이 소에게 말했다.

"그대는 힘이 그렇게 세지만 사람의 통제를 받아 노예처럼 부려지니 왜 그렇게 합니까? 나는 비록 작고 힘이 없어도 오히려 사람의 피를 빨아먹습니다."

소가 이렇게 대답했다.

"주인이 나에게 일을 시키지만 때때로 내 등을 쓸어주고 보호해주니, 내가 그 은혜를 만분의 일이라도 보답하려고 일을 하는 것이다. 너 벼룩은 눈에 띄기만 하면 다들 죽이려 할 것이니 반드시 살아남지 못할 것이다."

벼룩이 부끄러움을 이기지 못해 돌아갔다.

●

일하는 것은 나쁘거나 고생스러운 것이요, 놀고먹는 것이야 말로 좋고도 행복한 것이라는 사실이 진리는 아니다. 일이 없는 것이 고통이요, 일이 없어서 사람이 망가지는 경우도 얼마든지 많다. 일을 하느냐 안 하느냐가 중요한 것이 아니다. 중요한 것은 마음이다. 죽지 못해 하는 노동이 아니요, 감사하며 하는 몸놀림은 기쁨의 표현일 수 있다.

주인의 사랑을 충분히 받고 있다고 여길 때 소는 자기가 그 주인을 위해 할 수 있는 일이 있어서 오히려 기쁘다고 여겼다. 사랑은 일도 하고 싶게 만든다.

일하지 않고 먹는 것이 때로 편할지라도 그렇게 하기 위해 남에게 내 일을 떠넘기거나, 몰래 혼자 빠져서 남이 해야 할 일을 배로 늘려놓는다면 당장은 편할지 몰라도 결국 혼자 왕따가 되어 남게 된다. 늘 욕을 먹고 남에게 의심을 받으며 사는 것은 차라리 몸이 힘드니만 못하는 수도 있다. **그러니 차라리 놀고먹기를 구하지 말고, 남을 아끼고 또 남에게 사랑을 받으며 살기를 구할지로다.**

때로는 나쁜 게 좋다

●

매가 뱀과 싸우게 되었다. 매가 뱀에게 감겨 꼼짝할 수 없을 지경이 되었다. 동네 사람이 보고 뱀을 쫓아서 매가 풀려나게 해주었다. 매는 기뻐하며 서둘러 날아갔다.

뱀은 분함을 억누를 길이 없었다. 그래서 몰래 그 사람이 마시는 물그릇에 독을 토해놓았다. 그 사람이 알지 못하고 먹으려 할 때에 매가 보고 쏜살같이 내려와 그 그릇을 쳐서 깨뜨려 버렸다. 그래서 그 사람은 죽음을 면하게 되었다.

●

때로는 그릇이 깨지는 것도 복이다. 그러니
시선을 멀리 두고 모든 일의 의미를 차분히
규명할지어다.

스스로 만들어지는가

•

아아! 이 세계에 무신론자들이 나타나 해와 달과 별과 산천과 강, 바다를 하나님께서 만드신 것이 아니라 자연히 생겼다고 하는데, 그들은 지혜도 없고 법칙도 없는 것이로다. 심지어 사람의 몸을 말하면서 저 무신론자들은 이런 학설을 말한다.

"맑은 물 111파운드와 콜로이드 16파운드와 단백질 4파운드 3냥과 섬유질 4파운드 5냥과 지방질 12냥이 모여 합계 147파운드로 이루어진 것이 우리다."

이런 종류의 근거 없는 주장은 논할 가치도 없지만, 무슨 물질 약간 파운드와 무슨 물질 약간 파운드는 어떻게 있겠으며 어떻게 합해졌겠는가?

예를 들어 다리의 길고 짧음, 집의 크고 작음을 두고 "이것은 나무와 돌로 이루어졌다" 할 수 있겠으나, 나무나 돌이 스스로 생긴 것이 아니라 반드시 기술자의 손을 거친 후에야 그렇게 다리나 집의 모양으로 있다는 것쯤은 어린아이라도 분명히 아는 것이다.

●

각 물질들이 알아서 움직여 지금 같은 그 비율로 물건을 만들어냈다고 말할 수 있다면 신이 없다고 말하라. 하지만 그럴 수 없다면 회개하라. **무에서 유를 창조해냈다는 것은 오직 창조주 하나님만 하실 수 있는 일이다.** 있는 것을 가지고 조합해서 만들어낸 것과는 차원이 다른 것이다.

두 번째 충고 　돈

혼자 먹으면 돼지가 살찌는 속도가 빨라져서
도살장에 가는 날도 빨라지겠지만, 둘이 함께 먹으면
돼지가 비교적 천천히 살찌게 된다. 이렇게 되면
둘이서 더 오래도록 편안히 먹을 수 있는 것이다.

돈은 돌고 돈다

•

오리 이원익이 금 1문文을 잃자, 그 잃은 1문을 찾기 위해 100문을 썼다. 이웃 사람들이 그 이유를 물으니 이렇게 대답하는 것이었다.

"이 100문은 다른 사람 손에 가는 것이지만, 저 1문은 찾지 못하면 헛된 곳에 가는 것이기 때문이다."

●

오리 이원익李元翼, 1547-1634은 임진왜란과 병자호란이 일어나던 시기 조정 중직자로 활동하던 인물이다. 특별히 성품이 좋아 당파간 싸움이 심하던 때라도 모든 사람의 존경을 받은 인물로 유명하다.

1문을 찾자고 100문을 사용하는 것은 효율적이지 못한 행동이다. 하지만 100문은 남의 손에 들어갔으나 각 사람의 손에 들어가 그들이 요긴하게 사용할 수 있게 될 것이지만, 1문이 어딘가 처박혀 있으면 자기는 물론 다른 사람에게도 이익을 줄 수 없다는 점에 주목했다. **돈이란 그렇게 쓰여 돌고 돌아야 하는 것이다. 단순히 내게 이익이 되느냐 아니냐만 따질 것이 아니다.**

손해 보면 언젠가 얻는다

•

영변에 최향소라는 사람이 있었다. 그는 착한 것으로 유명한 노인이었다. 봄에 어떤 송아지 한 마리가 노인의 집 안뜰에 뛰어들어왔다. 자기 것이 아니었으므로 내쫓았는데, 이 송아지가 채소밭으로 들어가서 여기저기 뛰어다닌 탓에 채소밭에 상당한 손실이 났다. 힘들여서 거기에서도 쫓아냈다.

얼마 안 되어서 그 송아지가 또 안뜰로 들어왔다. 최향소는 자식들에게 "다시 채소밭을 해칠까 걱정되니 잡아서 마굿간에 매어두고 먹을 것을 주어라" 했다.

하루가 지나고 이틀이 지나도 송아지를 찾아가는 사람이 없었다. 이렇게 해서 10여 년이나 이 송아지를 기르게 되었다.

그동안 송아지가 소가 되어 새끼를 낳고, 또 새끼가 새끼를 낳고 해서 결국 소가 수십 마리가 되었다.

이 소들을 이웃의 농사하는 사람들에게 거저 빌려주어 농사를 짓게 했다. 해마다 농부들은 감사한 뜻을 담아 최향소에게 떡을 많이 가져왔다.

14년 후 100리 밖에 있는 어느 노인이 찾아와서 묻기를 "이 댁에서 10여 년 전에 송아지 하나를 얻어서 길렀습니까?" 하면서 표적을 말하는데, 그 송아지 주인이 확실했다. 최향소는 기뻐하면서 자식들을 시켜 이웃에 빌려 주었던 소를 다 끌어오게 했다. 그 수가 매우 많았다. 노인에게 내어주며 그 소들을 다 가지고 가라고 하니, 그 노인은 사양하며 말했다.

"내가 온 것은 소를 가져가고자 함이 아닙니다. 영감님을 찾아 감사하고 칭찬하는 말이나 하려고 온 것입니다. 10여 년 전에 잃은 송아지 하나로 이제 이렇게 많은 소를 가져가는 것은 천리天理를 어기는 것입니다."

최향소는 "내가 남의 소를 10여 년이나 먹이면서 주인을 찾지 못해 매우 민망했습니다. 이제야 주인을 찾았는데 어찌 이 소를 내 집에 두겠습니까?" 하니, 두 사람 간에 의견이 분분했다.

그 동네 노인들이 이 소식을 듣고 모여와서는, 옛 주인 노인은 어미소와 그 첫 번째 새끼를 가져가고, 그 나머지는 최향소에게 붙여두라고 권했다. 그러면서 두 사람에게 그대로 하라고 신신당부했다.

최향소가 하루는 장에 가다가 길에서 금이 담긴 주머니를 주웠다. 장에 가지 못하고 그 곁에 앉아 주인이 오기를 기다렸다.

한참만에 어떤 소년이 와서 두리번거리므로 이유를 물으니 과연 그 주머니를 찾는 것이 분명했다. 그래서 최향소는 그것을 내어주었다.

소년은 처음에는 기뻐 받더니 곧 이상한 얼굴로 계속 탄식하는 것이었다. 왜 그러느냐 물으니 "금이 본래 닷 냥이 있었는데 지금은 석 냥밖에 안 됩니다" 하더니, 의심하는 모양을 보였다.

최향소는 그 행동이 괘씸하나 자기 명예를 생각할 때 그런 누명을 쓰기가 싫어 즉시 장터에 들어가 금 두 냥을 사서 소년에게 주었다.

소년은 그 두 냥마저 받아다 자기 주인에게 진 빚

을 갚았다.

그 주인이 그 소년에게 빚을 받은 날부터 매사에 실패하여 가산이 기울게 되었다.

주인이 먹지도 마시지도 않은 채 누워 곰곰이 생각해보니, 그 소년에게 빚을 받은 날부터 손해를 당하기 시작한 것을 깨닫게 되었다.

즉시 그 소년을 불렀다.

"무슨 돈으로 내게 진 빚을 갚았느냐? 바른 대로 고해라."

"어느 해에 금 두 냥을 최향소라 하는 이를 속여 빼앗은 일이 있습니다."

주인이 즉시 그 날을 기준으로 금 두 냥의 값을 정하고, 날짜를 계산하고 이자를 쳐서 수레에 돈을 실었다. 또 돼지를 잡고, 그 소년을 시켜 사실을 적은 문서를 쓰게 한 후 최향소를 찾아갔다.

그에게 사실대로 말하고 용서해달라고 하면서 돈을 내어 놓았다. 최향소는 굳이 사양하다가 나중에는 본전만 받고 도로 보냈다.

이후로 그 주인은 다시 장사를 하여 이익을 많이 얻게 되었다. 세상에는 의리義理가 반드시 있는 것이다.

●

우리나라 전래 이야기 중에서 긍정적인 부자상을 찾기는 어렵다. 대부분의 부자는 매점매석 등의 방법으로 부자가 된 인물들이었다.

긍정적 부자라고 하면 이규상의 『김부자전』에 나오는 김한진이라는 인물, 경주의 최부잣집 정도를 들 수 있을 뿐이다. 그 밖에 이름이 명확하지 않은 몇몇 인물의 예가 있을 뿐이다. 여기에 나오는 최향소는 당당히 긍정적 부자의 계열에 이름을 올릴 만하다.

송아지를 잘 키워 여러 마리의 소를 기르게 된 것은 물론 그 소를 이웃에게 무상으로 빌려주어 함께 잘 살 수 있는 기반을 제공한 것은 긍정적 부자상에 손색이 없는 모습이다. 그 밖에 그 인물의 의로움은 더 말해 무엇하랴.

도둑 맞을 염려 없는 보물

●

도마가 인도에 가서 전도했다. 도마는 본래 건축사였다. 인도 국왕이 경치 좋은 곳에 별궁을 건축하려고 할 때에 도마가 그 건축하는 일을 맡아 갔다.

경치 좋은 곳에 이르러 보니 거기에 거의 죽을 지경에 이른 가난한 백성이 많았다. 도마는 왕궁 지을 재정을 가지고 신령한 대궐을 하늘 위에 건축했다.

즉, 헐벗은 자를 입혀주고 주린 자를 먹여주며, 은혜로운 기름으로 만민에게 뿌렸다. 창고 문을 활짝 열고 온 백성을 구제하는 것이 건축이었다.

각 지방에 돌아다니며 이런 일을 하니 왕이 이 소문을 듣고 그를 잡아다 옥에 가두었다. 매우 노하여 장차 죽이려 하는데, 밤중에 왕이 이런 꿈을 꾸었다.

배를 타고 표류하여 한 곳에 이르렀는데, 그 경치가 매우 아름다워 구경할 것이 많았다. 문득 저 건너편을 바라보니 황금으로 지은 대궐이 있는데, 태양빛에 반짝반짝 하는 것이었다. 왕이 그곳 사람에게 물으니 대답하되 "이는 사도 도마가 왕을 위해 지은 대궐이니이다" 했다.

왕이 기쁨을 이기지 못하다가 문득 깨니 꿈이었다. 왕이
즉시 도마를 불러서 매우 칭찬하고 상을 많이 주었다고
한다.

도마는 예수의 12제자 중 한 사람이다. 예수가 하늘에 오른 후 그의 제자들은 각기 여러 곳으로 흩어져 전도를 했는데, 그중 도마는 인도 지방으로 가서 전도를 한 것으로 알려져 있다.

사실 이 이야기는 성경적인 배경을 알아야 제대로 이해할 수 있다. 『마태복음』 6장에서는 앞부분에 구제하는 문제에 대해 말한 후에 19~20절에서 "너희를 위하여 보물을 땅에 쌓아 두지 말라. 거기는 좀과 동록이 해하며 도둑이 구멍을 뚫고 도둑질하느니라. 오직 너희를 위하여 보물을 하늘에 쌓아 두라. 거기는 좀이나 동록이 해하지 못하며 도둑이 구멍을 뚫지도 못하고 도둑질도 못하느니라"라고 했다.

세상에 대궐을 짓는 것이야 어떻게 하는지 설명하지 않아도 될 것이다. 돈과 기술자와 시간을 들이면 된다. 하지만 하늘에 대궐을 짓는 방법은 알고 있는가? '헐벗은 자를 입혀주고 주린 자를 먹이며, 은혜로운 기름을 만민에게 주는 것'이 바로 그 방법이다.

창고를 열어 가난한 백성을 구제하는 것이 하늘에 대궐을 짓는 방법인 것이다. 왕이 꿈에서 대궐을 보고는 단번에 마음을 바꾸었다는 것은, 세상의 그 어떤 화려한 대궐도 하늘에 지은 대궐과 비교할 수 없다는 것을 보여준다. 어떤 대궐을 어디에 지을 것인가?

남을 돕는 방법

•

에스칼네이가 이렇게 말했다.

네가 비록 남을 구제하지는 못할지라도 하다못해 동정의
눈물을 흘리며 슬퍼하는 자와 함께 울어라. 남에게 돈을
주어 도와주지 못할 처지이거든 노동력으로 도와주라.
어른을 가르치지 못하겠으면 어린 아이의 스승이 될 것을
생각하라. 한 나라의 기둥이 되지 못한다면 한 집의 기둥
이 되어야 할지니라. 여러 사람에게 도를 전할 자격이 없
으면 두세 명이 모인 곳에서 전도하라. 이는 너희의 의무
니라.

●

그때 되면 하겠다는 사람은 그때가 되어도 할 수 없다. 할 수 없는 사람은 없다. 하려는 마음이 없을 뿐 이다.

함께 먹어야 오래 먹는다

●

돼지에 기생하고 있는 벼룩이 있었다. 한참 맛있게 먹고
있을 때 다른 벼룩 한 놈이 와서 함께 먹고 살게 해달라고
하니 주인 벼룩이 허락하지 않는 것이었다. 그러자 손님
벼룩은 이렇게 말했다.

"이 돼지에 대해 네가 소유를 증명할 수 있는 것도 없고
소유권도 없으니 공동 소유가 아니냐? 공동 소유를 네가
독차지하는 것은 안 된다."

이렇게 서로 다투고 있을 때에 또다른 벼룩 하나가 지나
다 보고는 그 사건에 대해 이렇게 판결해주었다.

"이 일은 너희 둘이 깨닫지 못한 것이다. 함께 먹는 것이
크게 유익하다. 혼자 먹으면 돼지가 살찌는 속도가 빨라
져서 도살장에 가는 날도 빨라지겠지만, 둘이 함께 먹으
면 돼지가 비교적 천천히 살찌게 된다. 이렇게 되면 둘이
서 더 오래도록 편안히 먹을 수 있는 것이다."

그때에야 깨달은 주인 벼룩이 "그렇구나. 그렇다
면 우리 셋이 함께 살면서 함께 먹자" 했다.

●

눈앞의 것만 계산하면 혼자 다 차지하는 것이 이익인 것 같지만, 조금만 더 생각해보면 같이하는 것이 진정 이익이다. 사실 이익을 얻으려는 것은 결국 행복하기 위해서 하는 행동이다. **혼자 차지하여 남을 힘들게 한 상황에서는 진정한 행복이 나올 수 없다.**

남과 공유한다는 것

•

한 마부가 삯을 받고 손님을 태우고 가는 중이었다. 날이 매우 더워 잠시 쉬어 가기로 하고 그늘을 찾았으나 찾을 수가 없었다. 오직 말이 만들어내는 그늘뿐이었다. 하지만 말 그늘은 자리가 좁아 한 사람밖에 앉을 수 없어서, 손님과 마부가 말 그늘 아래 앉으려고 다투었다. 마부가 말했다.

"내가 말 등에 태우는 값만 받은 것이니 그림자는 내 것이오."

손님은 또 말했다.

"내가 돈을 내고 말을 빌린 것이니 그림자까지 내 것이오."

두 사람이 옥신각신 하는 사이에 정작 말은 달아나버리고 말았다. 헛것을 다투다가 실상을 잃은 격이다.

●

그늘은 사람이 수고하여 만들어낸 것이 아니다. 태양에 의해 만들어진, 자연이 거저 준 선물이다. 인간에게 주어진 일은 그 거저 주어진 것에 감사하며 그것을 잘 나누어 쓰는 것이다. 자기도 거저 받았으면서 내 것이라 다투는 것은 또 무엇이냐.

단것과 바꾼 목숨

●

여름날 꿀을 그릇에 담아 덮개로 덮어두었는데, 꿀이 밖
으로 흘러나온 것이 있었다. 파리가 단맛 때문에 떼로 몰
려왔다. 하지만 먹으려다가 꿀에 붙어 죽은 놈이 여럿이
었다.

한 그릇 꿀의 단맛을 탐내 자기의 생명을 버렸으니, 세상
사람이 종종 잠시의 안락 때문에 영원히 생명을 버리는
것과 같다. 참으로 안타깝다.

●

세상 모든 것에는 양면이 있다. 양지가 있으면 음지가 있다. 사물도 사건도 마찬가지다. 누군가 양지를 보여주고, 좋은 점을 보여주며 말하거든 거기에 수반되는 음지가 무엇이고 나쁜 점이 무엇인지도 반드시 물어보고 살펴보아야 한다.

위험하고 악한 것은 대체로 매우 매력적이면서도 유혹적이다. 그 양면이 있다는 것을 알면서도, 오직 나에게만은 '위험하고 악한 것'은 피해가고 '매력적이면서도 유혹적인 것'만 남게 되리라고 기대하는 것은 착각이다.

다단계 판매에서 누군가가 1억 연봉을 받을 수도 있지만 그것보다 훨씬 많은 수가 오히려 빚더미에 앉는다. 유혹자가 1억 연봉자만을 계속해서 말하며 그에게만 집중하게 하겠지만 빚더미에 앉은 다수에 대해서도 눈을 돌려야 하고, 자신이 그 수에 하나 더 얹을 수도 있다는 사실도 기억해야 한다.

'나에게만' '좋은 것만' 오라는 법은 없다.

목숨 값은 얼마인가

●

한 사람이 있었다. 매사에 검소하여 부자가 되었다. 그에
게는 세 아들이 있었다.

이제 그 사람이 늙었다. 하루는 맏아들을 불러 말했다.

"내 아들아, 내가 늙어서 죽을 날이 가까워간다. 내가 죽
으면 어떻게 하려고 하느냐?"

"아버님께서 세상을 떠나시면 돼지 한 마리를 잡고 쌀 몇
말로 떡을 하여 장례를 치르겠습니다."

"너는 내 재산을 보존하지 못하겠구나."

아버지는 다시 둘째 아들을 불러서 물었다.

"내가 죽으면 너는 어떻게 하려느냐?"

"아버님께서 세상을 떠나시면 소 한 마리를 잡고 쌀 한 섬
으로 찰떡이나 해서 장례를 치르겠습니다."

"너는 내 재산을 보존하지 못할 놈이로구나."

아버지는 마지막으로 셋째 아들을 불러서 똑같은 것을 물
었다. 셋째 아들은 아버지의 뜻을 짐작하고
이렇게 대답했다.

"아버님께서 세상을 떠나시면, 어쨌든 썩을 몸이

니 무슨 쓸 데가 있겠습니까? 고기는 베어 정육점에 팔고 뼈는 갈아서 거름으로 쓰겠습니다."

대답을 들은 아버지는 크게 기뻐하면서 칭찬했다.

"너는 진정 내 재산을 보존하겠구나."

그 후 하루는 아버지가 물 건너 이웃 마을에 갔다가 돌아오는 길에 넘어져 물에 빠져 떠내려가게 되었다. 셋째 아들은 자기 아버지가 거의 죽게 된 것을 보고 동네 사람들에게 소리쳤다.

"돈은 얼마든지 줄 테니 내 아버지를 구해주세요."

아버지가 떠내려가면서도 이 말을 듣고는 말했다.

"얘, 막내야. 네가 어쩌다 그렇게 돈을 함부로 쓰는 사람이 되었느냐? 닷 냥 줄 것이니 건져달라고 해라."

아아! 우리도 이 노인과 같이 적은 재물로 인해 나의 귀한 생명을 버리지는 않는가?

●

　생명을 잃으면 아무것도 소용없다. 생명을 소유한 다음에야 나머지 것들이 의미가 있다. **그러니 재물은 목적이 아니라 수단이어야 한다.** 생명을 가진 내가 좀 더 의미 있게, 행복하게 살 수 있는 수단이기만 해야 한다.

때로는 항아리를 깨라

●

중국 송나라에 사마온공이라 하는 유명한 사람이 있었다. 그가 예닐곱 살 때에 다른 아이들과 놀고 있었는데, 어떤 아이 하나가 물이 가득 찬 항아리에 빠졌다. 어린 아이들만 있었던 까닭에 이런 위급한 일을 당하자 다들 두려워 달아나기에 바빴다. 이때 사마온공만은 돌을 들어서 그것으로 항아리를 깨뜨려 결국 아이를 구할 수 있었다.

사람의 생명에 관계되는 일이라면 우리가 주저할 것이 무엇이며, 아까울 것이 무엇이랴. 사람이 무엇을 주고 그 목숨과 바꾸겠는가.

•

사마온공의 이름은 사마광司馬光, 1019-1086이며, 중국 북송 때의 학자다. 중국의 전국시대戰國時代부터 이후 역사를 담은 『자치통감資治通鑑』이라는 역사서를 편찬했는데, 이 책은 중국뿐만 아니라 조선에서도 정치하는 사람은 물론이요 글을 아는 사람이라면 누구든 읽는 책이 되었다. **더 귀한 것을 위해 귀한 것을 버려야 할 때도 분명히 있다. 귀한 것을 버렸더라도 더 귀한 것을 얻었으면 그것은 매우 잘한 일이다.**

뇌물을 받지 마라

●

수십 년 전 일이다. 서울에 살던 서상대가 강원도 간성의 군수가 되었다. 그 고을은 본래 절 소유의 토지가 많아서 중의 세력이 컸다. 하루는 한 중이 무거운 죄를 범했으므로, 군수가 매를 때리고 그를 옥에 가두어두고는 죽인다고 을렀다.

무리의 우두머리인 보은이 "돈을 바치면 놓아줄 것이다" 생각하고 돈을 드리니 군수가 받지 않았다. 보은은 "돈을 더 바쳐야겠다" 하면서 "돈을 이길 장사는 없다"고 생각했다. 이후 중을 때릴수록 더 많은 돈을 바쳤다.

서상대가 비록 청렴했으나 끝까지 이기지 못해 결국 많은 돈을 받고 중을 놓아주었다. 그 후 보은이 서울에 글을 올려 서상대가 뇌물을 받았다고 고소했다. 결국 서상대는 징역 3년에 처해지게 되었다.

●

얼마 전 방영되었던 TV 공익 광고의 한 장면이 떠오른다.
뇌물을 받은 즉시 팔에 집게가 채워졌다. 그리하여 스스로
팔을 들지 않으려고 해도 팔에 집힌 집게 때문에 할 수 없이
팔을 들어 무엇인가에 찬성하게 되는 화면이었다. **뇌물을
받고도 공정한 판단을 할 사람은 없다.**

또한 마지막까지 유혹을 이겨야지 중간에 넘어가면 앞에 한
싸움은 아무 의미가 없어진다. **안 받으려고 했다는
것은 아무 의미가 없다. 끝까지 안 받았다는
것만 의미가 있다.**

인색한 부자는 쓸모없다

●

돼지는 자라날 때에 소와 같이 젖을 내지도 못하고, 양과 같은 털도 없으며, 개와 같이 집을 지키지도 못하고, 말과 같이 달리지도 못해 어느 곳에든지 쓰임이 없다. 하지만 죽은 후에는 그 고기가 사람에게 유용하다.

이와 같이 인색한 부자는 살아 있는 동안에 어떤 효능도 없다가, 죽은 후에야 비로소 그의 재산이 세상에 유용하게 된다.

●

사는 동안에 남에게 유익하게 할 것인지, 죽은 후에 남에게 유익하게 할 것인지를 말하는 것이 아니다. 사람이 인색하다면 그것은 돼지만도 못하다는 것을 말하는 것이다. 사람이 사람인 이유, 사람에게 재산을 주는 이유는, 자기는 물론 다른 사람도 이롭게 하며 함께 행복하라는 것이다.

귀한 것부터 챙겨라

●

사람이 10전짜리 은화를 잃어도 찾고, 부인이 매우 적은
바늘 한 개를 잃고도 찾는데, 신자 중에 신앙이 떨어진 자
가 신앙을 찾는 것을 보지 못했다.

●

무엇을 중요하게 여길 것인가? 귀하게 여기는 것은 간절하게 찾게 마련인데, 나는 지금 무엇을 귀하게 여기고 있는가. 귀한 것부터 챙긴다는데 무엇 부터 챙기고 있는가.

세 번째 충고

종교

교회가 악할 때에는 마귀가
"어떠어떠한 일은 나중에 차차 하자" 하고,
교회가 힘이 있을 때에는
"어떠어떠한 일을 어서 빨리 하자"고 하여
실수하게 만든다.

암소 신학

●

어느 교회에 한 교인이 있었는데, 이 사람은 『성경』 중에서 어려운 구절만을 골라서 논란을 벌이기를 좋아했다. 그 교회 목사가 그 사람을 자기 집으로 초대했다. 그리고 외양간으로 데려갔다. 암소 구유에 나뭇조각과 조약돌과 쇳조각과 옥수수 이삭을 한 데 놓아두고 있었다. 소는 나뭇조각과 쇳조각 등은 다 밀치고 옥수수만 잘 찾아 맛있게 먹었다. 목사가 이렇게 권면했다.

"저런 짐승이라도 자기 먹을 것만 택해 먹습니다. 형제님께서도 지금부터는 『성경』 중에서 알 만한 이치만 택해 공부하십시오."

이 사람이 크게 깨달았다. 이를 암소 신학이라 한다.

●

그가 어려운 구절을 찾아 논란하여 결국 상대가 쩔쩔매게 만들고서 그것에 쾌감을 느꼈을지 모른다. 하지만 그러는 사이에 자기는 영양실조로 죽어간다는 사실을 놓쳤다. 누구나 자기 단계에 필요한 것은 다르다. 같은 『성경』을 읽어도 성령님께서 각각의 사람의 단계에 맞는 수준에서 이해하게 해주신다. **겸손히 자기 길을 가라.**

치우친 식성

•

어느 교회에서 있었던 일이다. 교인 중 하나가 『성경』 중에서 어려운 구절만 연구하고 쉬운 구절은 생각하지도 않았다. 목사가 여러 번 그렇게 하지 말라고 권면했으나 그교인은 끝내 듣지 않았다.

하루는 목사가 음식을 준비해놓고 그 교인을 청했다. 교인이 가서 보니 자기 상에는 닭 뼈만 수북이 놓여 있고, 목사의 상에는 고기가 많이 놓여 있었다. 청함을 받은 교인이 매우 이상히 여기며 목사를 빤히 쳐다보았다. 목사가 말했다.

"형제님께서 영혼의 양식이 되는 『성경』에서 뼈 같이 어려운 구절만 좋아하시기에, 육신의 양식도 고기보다는 뼈를 좋아하시는가 싶어서 그렇게 준비했습니다."

교인이 그때부터 비로소 자기 버릇을 고쳤다.

●

말하지 않은 것은 알려고 하지 마라. 알 필요가 없는 것일 수도 있다. 누구에게 할 말이 있을 때는 그가 알 수 있는 수준으로 말하기 마련이다. 『성경』도 그렇다. 『성경』을 통해 할 말이 있을 때는 그가 알 수 있는 수준의 구절을 통해 말하는 것이다.

한 번 믿어본 사람

●

영국의 수도 런던에 런던교라고 하는 유명한 다리가 있었
다. 매일 여기를 왕래하는 사람이 수백 명에 달할 정도였다.
어느 날 한 종교인이 사람들의 신앙심을 시험하려고, 10원
짜리 금화 백 입을 가지고 다리 어귀에 앉아서 오가는 사
람들에게 하나씩 받으라고 했다. 아침부터 저녁이 될 때
까지 이렇게 했지만 과연 줄까 의심하는 사람이 많아서,
들은 대로 믿고 10원짜리 금화를 받아간 사람이 겨우 다
섯 명뿐이었다.

●

사마천의 『사기史記』「상군열전商君列傳」에 보면, 진나라의
상앙이 이전과는 비교할 수 없이 강력한 법을 만들었다.
백성의 호응을 이끌어내는 것이 관건이었기 때문에 이를
위해 남문 앞에 나무 기둥을 세워놓고 그것을 북문으로
옮기는 자에게는 큰 상을 내리겠다고 써붙였다. 그게 뭐
별 일이라고 큰 상을 준다는 것인가 하며 믿을 수가 없었
던 사람들은 모두 지나쳤는데, 개중에 어떤 사람이 속는
셈치고 한 번 그렇게 했더니 약속대로 큰 상을 주었다. 그
러고 나서야 상앙은 그 법을 공포했다. 이런 일이 있고 난
다음이라서, 사람들은 상앙이란 사람은 한다면 하는 사람
이라는 것을 깨달아 그 법대로 따랐다고 한다.

어떤 나라 이야기가 다른 나라 이야기에 영향을 주었다고
말하기는 어렵지만, 두 이야기의 내용이 같은 것은 참 놀
라운 일이다. 사람의 인식과 생활이 거기서 거기인 것을
새삼 생각해보게도 된다.

만나고 싶은 높은 분

•

한 사람이 높은 사람만을 섬기겠다고 결심하고 처음에는 동장을 섬기고 다음에는 면장을 섬기고 다음에는 군수를 섬기고 그다음에는 도지사를 섬기고 그다음에는 장관을 섬기고 그다음에는 황제를 섬겼다. 어느 날 황제가 교황께 절하는 것을 보고는 교황을 섬겼다.

하루는 교황이 마귀의 공격을 막기 위해 『성경』을 읽는 것을 보고 물었다.

"교황님, 마귀가 어떤 놈입니까?"

"마귀의 권세는 끝이 없어서 늘 조심해야 합니다."

그래서 이 사람은 교황을 배반하고 마귀를 섬겼다.

또 하루는 마귀가 십자가를 보고 크게 두려워하며 떠는 것을 보았다. 그 이유를 마귀에게 물으니 마귀가 십자가의 권세와 예수에 대해 말해주었다. 이 말을 들은 이 사람은 마귀를 배반하고 예수를 찾기에 고심하면서 선을 행하고자 노력했다.

날씨가 매우 추운 어느 날이었다. 길 건너편에서 어떤 거지가 이 사람을 찾았다.

처음에는 건너갈 마음이 없어 그대로 있었더니 그 거지가
굳이 또 손짓을 하는 것이었다. 그래서 건너갔더니 그 거
지가 갑자기 변해 밝은 빛을 내더니 말하기를 "내가 바로
네가 찾는 이란다" 하면서, 도리를 하나하나 가르쳐주고
그 자리에서 하늘로 올라갔다.

•

누가 진정 가장 높은 분인지 알려주는 이야기다. 그리고 그
분을 만나기 위해 오늘 어떻게 살아야 하는지 알려주는 이야
기다.

예수를 비웃는 천사

●

어떤 사람이 이런 꿈을 꾸었다.

꿈에 예수도 있고 천사도 많이 있는데 미가엘 천사가 예수에게 나와서 물었다.

"당신이 세상에 가서 전도할 때에 믿는 자가 얼마나 되었나이까?"

예수께서 대답했다.

"사도 몇 사람과 부인 몇 사람과 예루살렘 다락방에 모여서 기도하던 몇 사람, 다 합해 100여 명에 불과하다."

"지금 제가 여러 천사를 거느리고 가서 여러 백성에게 전도하여 믿게 할까요?"

"그만두어라. 내가 이런 방법을 마련해두고 왔노라. 즉, 믿는 사람마다 그 이웃 사람에게 전도하고 또 그 믿는 사람이 그 이웃 사람에게 전도하여 마침내 온 백성이 믿도록 해놓았다."

'신자들이여! 어떻게 하고자 하십니까?

개인 전도는 주께서 우리 어깨에 짊어주신 짐이니 이 짐을 감당합시다.

만일 이 후에 「요한계시록」 8장 13절에 있는 것처럼, 남은 세 천사가 전도하게 되면 우리가 그때에 어떻게 하겠습니까. 그렇게 될 이치는 없지만 미가엘이 예수님의 방법을 비웃지 않겠습니까.'

세상 온갖 사물과 유혹에 눈이 어두워 우리는 흔히 짧은 시간 안에, 많은 사람에게 전해야 성공이라고 생각한다. 하지만 전능하신 분이 마음에 작정하신다면 말씀 한마디로 모든 이에게 전도할 수도 있었을 것이다.

하지만 기독교 교리에 의하면 예수님은 인간을 통해 한 사람 한 사람에게 복음을 전하기로 했다. 그럴 일은 없지만, 이 이야기에서 본다면 예수님은 천사에게 조롱을 받을지라도 인간에게 복음 전파의 소임을 맡겨주시고 기다리신다. 천사가 예수님을 조롱하는 일이 없는 줄을 알면서도, 주님이 신자이면서 전도하지 않는 나 때문에 조롱 받으실까봐 갑자기 코끝이 시큰거린다.

글 끝에 세 천사를 말한 부분은 「요한계시록」에서 가져온 내용이다. 「요한계시록」에 의하면 심판의 날이 되면 일곱 봉인이 떼어지고, 일곱 나팔이 불리며, 일곱 대접이 쏟아진다. 그중에 일곱 나팔에 관한 부분을 인용한 글이다.

내가 또 보고 들으니 공중에 날아가는 독수리가 큰 소리로 이르되 땅에 사는 자들에게 화, 화, 화가 있으리니 이는 세 천사들이 불어야 할 나팔 소리가 남아 있음이로다 하더라.

「요한계시록」 8:13

각 천사들이 나팔을 불 때마다 마지막 때에 있을 재앙이 하나하나 제시되었다. 앞에서 네 천사가 나팔을 불었고 이제 절정으로 나아가는 세 천사가 남아 있다는 것이다. '세 천사'가 하는 일은 일반적으로 말하는 '전도'가 아니요 마지막 재앙의 실현이다. 그러니 마지막 문장은, 나머지 세 천사까지 모두 나팔을 불고 나면 마지막 때가 되어버려서 더는 전도하며 구원을 받게 하지 못할 것이므로 그 전에 서두르자는 말이다.

길에서 본 어머니 편지

●

어느 날 외동딸은 집에서 자고 어머니는 밖에서 일하던 때에 갑자기 불이 나서 온 집이 다 탈 지경이 되었다. 어머니가 어린 딸 생각에 불속에 뛰어들려 했다. 이미 불길이 세차게 타오르고 있어서 사람들이 모두 어머니를 붙잡았다. 그래도 결국 그들을 뿌리치고 어머니는 불 속에 들어가 딸을 구해서 나왔다. 자기 몸으로 감쌌으므로 딸은 상하지 않았으나 어머니는 얼굴이 매우 흉하게 되었다.

그 후 딸은 학교에 갔고, 졸업을 했고, 먼 지방에 있는 변호사와 결혼을 했다. 그 남편은 매우 악한 사람이었다. 그런 남편과 사노라니 이 딸도 물들어 어머니의 은혜를 잊고 지냈다. 어머니는 딸의 소식이 궁금해 가진 물건을 팔아 여비를 마련해서 딸을 찾아갔다. 하지만 딸은 어머니가 온 줄 알고도 몸을 숨겨 어머니를 만나지 않았다. 어머니의 얼굴이 부끄러웠던 것이다. 할 수 없이 집에 돌아가기 전 어머니는 사진 한 장과 글자 몇 자를 써서 길가에 있는 게시판에 붙여놓았다. "내 사랑하는 딸아! 내가 너를 보지 못하고 돌아가니 눈물을 멈출 길이 없구나." 딸이 나중에 길을 가다가 우연히 이것을 보았다. 사진도 자기 어머니 사진이요, 글씨도 자기 어머니의 글씨였다. 그때서야 딸은 어머니의 사랑을 생각하고 온 얼굴과 온 마음에 슬픔이 가득하여 그 날로 친정에 갔다. 잘못했다고 하면서 어머니를 섬겼다. 믿는 자가 주님께 대하여 행함이 이와 같다.

·

자식이 아무리 악해도 부모는 끝까지 그 자식을 사랑한다. 하나님께서는 사람에게 바로 그런 부모 노릇을 해주겠다고 했다. 부모가 자식을 사랑하는 것만큼 부모를 사랑할 수 있는 자식은 이 세상에 한 명도 없다. **단지 자식이 좀더 일찍 철들어서, 부어주는 부모의 사랑과 섬겨드리는 자식의 사랑의 폭의 차이가 조금 더 적어지기를 바란다.**

날짜가 아니라 의미를 지키라

•

일요일은 천하만국의 기독교 신자가 주일로 지키며, 근대의 문명국들도 일요일로 안식일을 삼는다. 그러나 그리스 사람은 월요일을 안식일로 삼으며, 페르시아 사람은 화요일을 안식일로 삼고, 이수리아 사람은 수요일을 안식일로 삼으며, 이집트 사람은 목요일을 안식일로 삼고, 유대인은 토요일을 안식일로 삼는다.

이상 여러 요일 중에 어느 날이 옳고 어느 날이 그르다 하기 어렵다. 지구는 동서의 구별이 있어서 시간의 차이가 생긴다.

우리나라의 표준시간은 중국의 표준시간보다 1시간이 이르다는 것은 상식이다. 그렇다면 어떤 시간을 표준으로 하여 분별할 것인가? 이는 절대적으로 불가능한 것이니, 저 어느 종파에서 좁은 소견으로 토요일을 안식일로 지키는 사람이라야 구원을 얻는다고 하는 것은 진실로 편협한 생각에서 나온 것이다.

●

이수리아Isauria는 갈라디아에 속한 부속 지역 중 하나다. 갈라디아는 루가오니아, 이수리아, 비시디아로 구성되어 있다. 갈라디아는 오늘날 터키에 속하며, 흑해와 동남쪽으로 접하고 있는 땅이다.

우리는 흔히 그 의미를 잊은 채 형식만을 붙잡고 산다. 주일이나 안식일이나 모두 결국 거룩한 백성들이 창조주 하나님과 완전한 연합을 이루어 참 쉼을 얻을 것을 바라보며 그것을 기대하라는 날이다.

위선적인 교리

●

불교에서는 고기와 술을 먹고 마시지 않는다고 하면서도 닭을 찬리선鑽籬饌(닭이 울타리를 뚫는 까닭에 이처럼 부름), 즉 울타리 뚫는 반찬이라 하면서 먹으며, 술은 약반탕若飯湯, 즉 밥 같은 국이라 부르면서 마신다. 이는 상고시대에 불교의 도덕이 매우 해이했던 까닭으로 나온 것이다.

바리새인 등이 안식일에 대해 39가지 세심한 조목을 만들었다. 여기에 한두 조목을 예로 들면 이렇다. 안식일에 바람이 불면 침을 뱉지 않는다. 이는 침이 바람에 밀려가면 바람으로 하여금 일을 하게 하기 때문이다. 안식일이면 집에서 기르는 닭 등에게 모이를 많이 주지 않는다. 모이가 남으면 토지로 하여금 싹을 내는 일을 하게 만들기 때문이다.

바리새인들은 사람들에게 이런 유의 가혹한 규례를 실행하라고 가르치면서도 자신들은 실제로 행하지 않았다. 가령 안식일에 3리 이상 돌아다니는 것을 금한다는 내용이 안식일 규정 39조에 있는 조항이건만 그들은 3리보다 먼 길을 갈 필요가 있는 일이 생기면 3리를 간 후 불을 피우고 떡을 구워 먹은 후 그 자리를 본래 있던 곳으로 인정하여 또 3리를 간다. 이와 같이 연속 길을 가서 3리씩 이어서 가는 일종의 나쁜 습속이 있었다. 그런 까닭에 주님께서 심하게 책망하셨던 것이다.

●

바리새인이란 신약시절 이스라엘 종교인의 한 부류를 나타내는 말이다. 이들은 로마의 지배를 받던 시절 로마 권력에 영합하지 않고 하나님의 권세 앞에만 순종하겠다고 하며 민간에 들어가 산 사람들이다.

이들은 율법을 너무 과하다 싶을 만큼 철저히 지켰다. 그것을 통해 자신들의 거룩함을 드러냄으로써 사람들의 존경을 얻으려 했다. 하지만 사람들 앞에서 보이기 위해 율법과 계명을 지킬 뿐 속마음은 그렇지 않다며 예수님에게 심한 질타를 받았다.

죽은 말, 죽은 신자

●

옛날에 서양의 어느 황제가 자기가 타는 말을 매우 아껴서 특별히 한 마정馬丁을 뽑아 늘 그 애마를 먹이고 기르게 했다. 그러던 중 말이 어쩌다 병에 들었는데 온갖 방법을 다 써도 효과를 보이지 못하다가 결국 죽었다. 마정이 스스로 생각하기를 '말이 죽었으니 황제께 곧이곧대로 아뢰면 황제께서 틀림없이 크게 놀라시고 매우 슬퍼하실 것이다' 하여, 다음과 같이 보고를 올렸다.

첫째, 황제 폐하께서 타시는 애마는 호흡을 하지 않은 지가 3일이고, 둘째, 황제 폐하께서 타시던 애마는 여물 먹는 것을 끊은 지 7일이며, 셋째, 황제 폐하께서 타시는 애마는 다리 힘을 잃어서 달리지 못한 지가 14일이 되었나이다. 이것으로 헤아리시기를 엎드려 빕니다.

　　　　　ㅇㅇ년 ㅇ월 ㅇ일 아무개가 황제 폐하께 올립니다.

이 보고를 받은 황제가 생각하기를 '3일간이나 호흡을 멈추었으니 이는 죽은 말이요, 7일간이나 먹지 않았으니 이도 죽은 말이요, 14일간이나

달리지 못했으니 이것도 죽은 말이로다. 지금 나의 애마가 죽은 증거가 셋이니 틀림없이 말이 죽은 것이다' 하고 큰 소리로 우셨다 하더라.

믿는 남녀들이여! 우리의 기도는 곧 영혼의 호흡이니 하나님과 사정을 나누는 것이다. 주일을 성스럽게 지켜서 『성경』을 공부하며 설교를 듣는 것은 곧 우리의 영적인 식량인데 한 주일을 빼먹고 예배당에 나오지 않으면 2주간, 즉 14일을 예배당에 오지 않은 것과 비슷하지 않은가?

지금 우리 신도가 삼일 기도회 자리에 한 번 빼먹으면 사흘간 호흡을 스스로 끊음이요, 주일을 빼먹어 영혼의 식량을 받지 않으면 7일간 먹지 않은 것이며, 14일간 걷지 않은 것이다.

하나님께서 이와 같은 모습을 내려다보실 때에 우리를 위해 통곡하지 않으실까? 아! 형제자매여, 하나님을 통곡하게 하시려는가, 기뻐하게 하시려는가?

이 둘 중에 하나를 택할지어다. 어느 것을 취하 시려는가?

●

세상살이가 바쁘다고, 주말이 아니면 쉴 수가 없다고 하면서 은근슬쩍 기회만 되면 주일 예배에 빠지는 신자가 많아졌다. 물론 예배에 참석했다는 것이 신앙이 좋은 증거가 되는 것은 아니지만, 그렇다고 해서 예배에 참석하지 않은 것이 잘하는 일도 아니다. 그렇지만 전자를 주장하며 후자를 정당화하려는 사람이 많은 것도 사실이다. 예배가 식사이고 기도가 호흡이라면 어떻게 되는가? 죽어도 벌써 골백번은 죽었을 사람이다. 죽었는데, 스스로 죽은지도 모르고 사는 신자가 얼마나 많은가?

성경 인물의 졸업장, 그 후

•

첫째 요셉 이집트의 감옥학교에 입학하여 2년 만에 졸업하고 이집트의 총리대신 자리를 얻었다.

둘째 모세 광야의 양학교에 입학하여 40년 만에 졸업하고 이스라엘 민족의 구세주의 임무를 얻었다.

셋째 요나 바다 가운데의 고래학교에 입학하여 사흘 만에 속성으로 과목을 마치고 니느웨성 선교사의 임무를 얻었다.

넷째 바울 다메섹의 맹학교에 입학하여 겸손 과목을 특별히 속성으로 졸업하고 외국 선교사의 임무를 얻었다.

●

요셉은 형들에 의해 이집트의 노예로 팔려갔다가 감옥에 갇혔지만, 이집트 왕 파라오의 꿈을 해석함으로써 총리대신의 자리에 올랐다.

모세는 히브리 사람이지만 이집트 공주의 양아들로 바로의 궁전에 살다가 살인을 하여 미디안 광야로 도망했다. 거기에서 40년간 목자로 살다가 하나님의 명을 받아 이스라엘 백성을 이집트에서 나오게 하는 일을 맡았다.

요나는 당시 이스라엘을 괴롭히던 나라 앗시리아Assyria 제국의 수도인 니느웨에 하나님의 말씀을 전하라는 명령을 받았으나 이것을 피하러 배를 타고 반대쪽으로 가다가 폭풍을 만나 물에 던져졌다. 큰 물고기 뱃속에서 사흘간 있다가 토해져서 결국 니느웨에 심판을 전하는 일을 했다.

바울은 유대교인으로서 새로 생긴 집단인 기독교도를 핍박하기 위해 가다가 다메섹에서 예수님을 만나 그 빛에 의해 앞을 볼 수 없게 되었다. 며칠 만에 선지자 아나니아의 안수 기도를 받아 눈을 뜨고 이후 이스라엘 이외의 이방 땅에 복음을 전하는 일을 했다.

경계할 시기

●

세계에서 금강석을 가장 잘 제련하는 나라가 네덜란드다. 그런 까닭에 도적들이 네덜란드로 들어가는 금강석 상인에게는 별로 주의하지 않지만 네덜란드에서 나오는 금강석 상인에게는 특별히 주의를 기울인다. 그가 가진 금강석이 잘 깎인 까닭이다.

기독교 신도들이여! 여러분이 『성경』의 진리를 깨달았습니까? 혹 사경회 때나 주일 예배 자리에서 설교를 들을 때에 영적으로 감동을 받았습니까? 틀림없이 저 도적과 같은 악마가 여러분이 느낀 영적인 은혜를 빼앗고자 한다는 것을 잊지 말고 스스로 경계하십시오.

●

요즘에는 사경회査經會라는 말을 많이 사용하지 않지만 이 말은 기독교 초기에는 흔히 볼 수 있는 단어였다. 사査는 '조사하다, 살펴보다'라는 의미이고, 경經은 『성경』을 말한다. 그러니 사경회란 『성경』을 공부하기 위해 모인 모임이라는 뜻이다.

기독교 초기에는 사경회라는 이름으로 3박 4일 혹은 일주일 동안 새벽, 아침, 저녁 내내 몇 시간이고 『성경』 공부를 했다. 하지만 지금 신자들은 단 한 시간의 예배 시간, 그 예배 시간속에 단 30분의 설교 시간도 견디지 못해 설교가 너무 길다고 몸을 비튼다.

교회를 넘어뜨리는 방법

●

교회가 약해 아무 힘이 없을 때에는 늙은 마귀가 교회 안에 있으면서 "어떠어떠한 일은 나중에 차차 하자" 하고 주장한다.

교회가 힘을 얻을 때에는 늙은 마귀가 물러가고 젊은 마귀가 와서 힘써 대적하나니 이때에는 "어떠어떠한 일을 어서 빨리 하자"고 주장하여 실수하게 만든다.

●

교회가 어떤 일을 할 힘이 없을 때 어떠어떠한 일을 해야 한다는 주장을 하면 할 일을 못하는 것에 대한 죄책감과 자격지심이 생겨 성도들이 시험에 든다. 사실 교회는 예배와 연합의 공동체이니 그 본질에 충실하면 일단 된 것이다. 교회가 힘이 없을 때에는 마귀가 어떤 일이든지 나중에 하자고 미루게 만들어 아무것도 하지 못하는 교회로 만든다.

교회에 어느 정도 힘이 생기면 마귀가 이번에는 빨리 하자고 주장하여 준비 없음으로 말미암아 실수를 하게 만든다. 그렇게 되면 그 실수로 말미암아 잘잘못을 가리느라 교회는 또 본질에 충실하지 못하게 된다. 마귀의 술수는 이렇게 교묘하다. **늘 본질에 충실하며, 일을 해나가야 한다.**

다 주워 담을 수 없는 것처럼

●

한 부인이 천주교 신부 앞에 가서 고해성사를 하며 죄를
용서해달라고 했다. 신부가 "하느님께서는 사랑이 무한
하시니 회개하는 자의 죄를 용서하실 것입니다" 하더니,
또 이렇게 말하는 것이었다.

"닭 한 마리를 사서 그 털을 전부 없애고 오십시오."

그 부인이 신부의 말대로 하고 오니 신부가 말했다.

"이제 그 털을 모두 주워서 오십시오."

"그것은 불가능한 일입니다."

"부인의 말씀이 옳습니다. 그러니 이후로는 다시는 죄를
짓지 마십시오."

●

기독교는 사랑의 종교라고 한다. 하나님이 '사랑' 자체이시니 맞는 말이다. 사랑이신 하나님은 우리가 우리 죄를 자복하고 회개하면 용서해주신다고 한다. 예수님의 제자였던 베드로가 "일곱 번까지 용서할까요?"라고 물었을 때 예수님은 "일흔 번씩 일곱 번이라도 용서하라"라고 대답하심으로써 사실상 용서의 한계가 없음을 말씀하셨다.

하지만 이것은, 이런 무한한 은혜를 받게 된 것에 감사할 만한 이유가 되어야지 이용할 대상으로 삼아서는 안 된다. 회개하기만 하면 용서해주시니 자유롭게 행동하며 살다가 나중에 회개하기만 하면 되는 문제가 아니다. 주님은 죄를 지은 사람을 용서하고 안아주시지만, 그 죄에 대해 책임은 물으신다.

사랑으로 안아서 죄를 짓지 않으려 하는 구별된 사람으로 만들어 가시지만, 그 과정에서 끊임없이 우리를 자극하신다. 죄를 지으면 그 자신에게나 남에게나 상처가 남는다. 그것 때문에 아파하는 개인이 얼마나 많은가? 한 일을 모두 돌이킬 수는 없다. 그러니 하기 전에 주의해야 한다.

도끼 자루만으로 일하기

●

어떤 목수가 산 속에 들어가 도끼로 나무를 베려 했다. 막상 도끼날을 잃어버렸으나 잃은 줄 깨닫지 못하고 자루만 있는 도끼를 가지고 일을 하려고 했다. 어찌 효과를 얻으리오.

주님의 교회 안에 직분을 가진 사람이 은밀히 기도하여 성령님의 힘을 받지 못하면, 이것은 날을 잃은 도끼 자루만 두드리며 일하려고 하는 것과 같다.

●

열심히만 한다고 다 좋은 것은 아니다. 복싱에서 눈을 감고 고개를 숙인 채 쉴새없이 주먹만 날린다고 상대가 쓰러지는 것은 아니다. 주먹이 날아가는 횟수가 중요한 것이 아니다. 힘을 실어 정확한 방향으로 뻗은 주먹 한 방이 중요하다. 어디서 힘을 얻을 것인지, 어느 방향으로 손을 뻗을 것인지를 생각하며 준비하는 것이 당장 열심히 몸을 놀리는 것보다 중요하다.

받고 싶은 미움

•

항상 기도하고 자기를 의지하지 않으며 하나님만 믿고 굳게 서서 행하는 사람, 자기를 위해 무엇을 구하지 않고 천하보다 귀중한 '사람의 영혼'을 구원하기 위해 힘쓰는 사람, 하나님과 죄밖에는 두려워하는 것이 없는 사람을 마귀가 제일 미워한다.

●

사람에게 미움 받는 일은 누구나 꺼리지만, 마귀에게 받는 미움이라면 힘써 받아볼 일이다.

산상수훈으로 지은 시

●

가난한 마음이라는 차표를 사서
온유라는 대에서 기다리다
의를 사모한다는 등석에 선뜻 올라
자비라는 좌석에 편안히 앉아
맑은 마음이라는 창을 열고서 보니
화목이라는 강산의 경치로다
핍박이라는 터널을 지나서
나의 본래 고향이 여기로구나

●

인간 삶의 길을 기차 여행으로 표현했다. 우리는 기차를 타기 위해 표를 사고, 정류소에서 기다리다가, 일반석 혹은 특등석 등의 등급에 따른 차간에 올라서 정해진 좌석에 앉는다. 앉아서 창문을 열고 밖의 경치를 구경한다. 가다 보면 터널도 지날 테지만 결국에는 최종적인 목적지에 도착하게 된다. 이것은 『마태복음』 5장 3~10절을 시로 표현한 것이다.

심령이 가난한 자는 복이 있나니 천국이 그들의 것임이요
온유한 자는 복이 있나니 그들이 땅을 기업으로 받을 것임이요
의에 주리고 목마른 자는 복이 있나니 그들이 배부를 것임이요
긍휼히 여기는 자는 복이 있나니 그들이 긍휼히 여김을 받을 것임이요
마음이 청결한 자는 복이 있나니 그들이 하나님을 볼 것임이요
화평하게 하는 자는 복이 있나니 그들이 하나님의 아들이라 일컬음을 받을 것임이요
의를 위하여 박해를 받은 자는 복이 있나니 천국이 그들의 것임이라.

믿은 이유, 떠난 이유

•

어떤 사람은 사업을 중요하게 여긴다. 이 사업을 하는 데에 기독교가 적합하므로 믿었다가 끝내는 그리스도를 떠나더라.

어떤 사람은 도덕을 중요하게 여긴다. 이 도덕을 기준으로 할 때 기독교가 적합하므로 믿었다가 사람의 도리人道에 가까워 끝내는 그리스도를 버리더라.

어떤 사람은 성실을 중요하게 여긴다. 이 성실을 기준으로 할 때 기독교가 적합하므로 믿었다가 의식儀式에 빠져서 끝내는 그리스도와 멀어지더라.

●

기독교는 간절한 기도와 엄청난 헌신을 대가로 요구해서 돈을 벌게 해주는 종교가 아니다. 기독교는 윤리적이고 도덕적인 것을 가르치는 종교도 아니다. 기독교는 중후하고 멋진 분위기로 사람들을 감동시키는 종교도 아니다. 그런 것을 바라고 온 사람은 언젠가 반드시 떠나간다. 기독교는 그것보다 차원 높은 것을 추구한다. 기독교는 하나님을 참 내 아버지라 고백하는 거룩한 백성을 만드는 종교다.

벌적인 독서

•

첫째 거미적 독서. 거미줄을 설치한 것이 이기적 이유뿐이다.
둘째 개미떼적 독서. 거둔 식량을 함께 먹고 남은 식량을
썩게 할 뿐이다.
셋째 벌적 독서. 멀고 가까운 산 모두에서 꽃가루를 모아
서 단 꿀을 만드는 것처럼, 독서자가 여러 종류의 서적을
읽고 무한한 감상을 얻어서 세상에 유익을 남긴다.
교역자들이시여! 『성경』을 연구할 때에 거미, 개미떼 같이
하는 것에서 벗어나 벌 같이 고상한 길을 택하십시오. 강
단에 오를 때에는 반드시 자기 머리에서 내용을 내고, 다
른 사람의 머리에서 나온 것을 곧바로 사람들에게 전하는
방법은 저 멀리 버리십시오. 나아가 영적인 경험을 모아
서 다음 세대 교역자가 지침으로 삼을 수 있도록 해주십
시오.

●

제목에 표시해놓은 것으로 보아, 이것은 베이컨이 말한 독서의 세 가지 종류다. 흔히 책을 많이 읽으라는 말을 하지만 그것의 목적이나 행태까지 말하는 경우는 드물다.

자기 이익만을 위해
줄을 치는 거미같은 이기적인 독서,
자기 무리만의 이익을 위해 일하고
남는다고 해도 남은 전혀 생각하지 않는
개미떼 같은 독서도 바람직하지 않다.

힘써 일하는 것은 자기이되
그것을 통해 만들어진 꿀은
다른 사람이 이용할 수 있도록 하는
벌 같은 독서가가 필요하다는 것을
일차로 말했다.

하지만 여기에서 더 나아간다. 100년 전 교역자들이 하는 행태나 지금 교역자들이 하는 행태나 같은가 보다.

책을 많이 읽는 교역자들도 만나기 힘들지만, 그 책을 읽을 때 그 책 저자가 말한 것을 그대로 전하는 일은 하지 말라는 것이다.

꽃가루를 모으되
꽃가루 자체를 내놓는 것이 아니라

꿀을 내놓는 벌처럼,
많이 읽되 그것을 자기 것으로
소화하여 더 좋은 것을 말하라는 것이다.

그리고 그 과정에서 자기가 한 경험과 깨달음까지 다음 세대 교육자와 교역자에게 넘겨주라는 것이다.

책을 안 읽는 교역자는 더욱 되지 말 것이지만, 책 많이 읽는 다고 자랑하는 교역자 되는 데서 멈추지 마라.

거미나 개미떼가 되지 마라.

도둑 마음에 들어간 설교

●

한 목사가 설교 준비를 해서 저녁 예배를 드리러 예배당
에 들어갔다. 하지만 예배당 안에는 한 사람도 없었다.

사람이 없어도 예배는 드려야 한다고 생각하여 준비한 제
목으로 빈 청중석을 향해 목청껏 설교를 했다. 한참 하고
있는데 아래에서 한 사람이 나오면서 자기가 지은 죄를
고백하고 싶다고 하는 것이었다. 왜 그러느냐고 물으니
그 도둑은 이렇게 말했다.

"내가 예배당에 있는 기구들을 훔치러 왔다가 목사님의
설교를 들으니 대단히 무섭습니다. 그래서 지금 죄를 고
백하고 다시는 도적질을 하지 않겠습니다."

●

오늘도 텅 빈 예배당에서 빈 자리를 향해 피 끓는 설교를 쏟아내는 목회자들에게 박수를 보낸다. 사람의 비위를 맞추는 멋진 단어가 아니라, 도둑이 무서워 당장 죄를 고백할 만큼 힘 있는 설교를 쏟아내는 목회자들에게 박수를 보낸다. 그런 목회자가 100년 전에도 있었듯이 지금도 그런 사람이 있으며, 100년 후인 미래에도 있기를 바란다.

준비 앓고 선 목사

•

어떤 목사 한 분이 "설교는 그때에 성령님께서 가르쳐주시는 대로 하는 것이 옳다" 하면서, 설교를 미리 준비하지 않았다. 그의 친구 목사 한 분이 그렇게 하지 말라고 권면했지만 듣지 않았다. 그 친구 목사가 한 꾀를 내어 말했다. "○○일 주일에는 우리 예배당에 와서 설교해 주십시오. 그러나 설교 제목은 주보에 적은 대로 해주십시오."

그 주일이 되자 설교를 준비 없이 하는 목사를 청했다. 주인 목사가 교회에 광고하기를 "오늘은 아무개 목사께서 '발람의 나귀의 하소연'이라는 제목으로 설교하시겠습니다" 하고는 들어가 의자에 앉았다. 손님 목사는 나와서 강단에 섰지만 본래 준비가 없는 터라 무슨 말도 할 수가 없어서 '하소연'만 너댓 번 말하고 들어가 앉았다.

그때부터 비로소 설교 준비를 열심히 해야 성령님께서 도와주심을 깨달았다.

●

자기가 마땅히 해야 할 일을 하지 않고, 성령님의 드라마틱한 도우심만 바라는 사람이 지금도 있다. 기도하면 병이 나을 것이라며 병원에는 안 가고 기도만 받으러 다니는 사람을 비판하는 사람은 많다. 그러면서 스스로 같은 원리의 잘못을 저지르는 사람도 많다.

설교 준비를 하지 않았으면서 어떻게 되겠지 하면서 오히려 성령님의 도우심만 내세우는 경우도 마찬가지다. 그들은 성령님을 핑곗거리로 사용하지만 실제로는 자기가 하고 싶은 말만 하는 것이다.

성령님께서는 이미 준비를 열심히 할 수 있는 지혜와 시간과 힘까지 주셨다. 그것도 성령님께서 도우시는 것이다. 설교하는 것에만 해당하는 문제가 아니다. 모든 사람에게, 모든 일에 마찬가지다. **하나님께 받은 것을 이용하여 인간이 열심히 할 때에 성령님께서 더욱 도우신다.**

누구의 힘으로 하는가

●

한 목사가 있었다. 늘 자기 능력에 스스로 감탄하면서 그 능력을 발휘하여 설교를 했다. 자기가 설교하면 많은 사람이 운다면서 스스로 자랑하기도 했다.

어느 주일에 그 목사가 설교를 하는데, 한 부인이 한없이 슬피 울었다. 다른 부인들도 그 부인을 따라 눈물을 흘렸다. 설교를 마친 목사가 그 부인에게 왜 울었느냐 물으니 부인이 이렇게 대답했다.

"며칠 전에 제가 아끼는 나귀 하나를 잃었습니다. 그 나귀가 생각이 나서 울었습니다." 목사는 다시 물었다.

"나귀 잃은 것과 예배당에 와서 운 것은 무슨 상관이 있습니까?" 부인이 대답했다.

"그간 얼마 동안은 잊어버리고 있었는데, 오늘 목사님의 설교하시는 음성을 들으니 잃어버린 나귀의 소리와 비슷하여 자연히 나귀 생각이 간절해졌습니다. 그래서 나오는 눈물을 그치지 못했습니다."

무릇 자기의 힘과 능력을 의지하는 자는 이와 같다.

●

설교자가 가장 조심할 것은 스스로 주인공이 되어 청중을 자기 팬으로 만들려 하는 것이다. 설교자란 청중을 감동시켜서 칭찬 받으려는 마음과 평생 싸워야 하는 사람이다. 사람은 본성적으로 자기중심적이고, 스스로 영웅이 되려고 하는 유혹에 빠지기 쉽다. 설교자는 그런 본능을 이기고 유혹을 이겨야 한다. 본능을 이기는 것은 늘 힘들다. 그래서 그렇게 하게 해달라고 간구해야 하며, 그렇게 될 때에 늘 겸손히 감사할 뿐이다. 자기를 가장 모르는 사람이 자기 자신이다. 늘 겸손하기에 힘쓰고 지속적으로 엄정하게 자기를 평가해야 한다.

졸다가 끝낸 예배

●

어느 교회의 목사 한 분이 예배당에 와서 앉기만 하면 조는 습관이 있었다.

한번은 예배 때에 다른 교회에서 손님으로 오신 장로께 설교를 해달라 부탁하고 자기는 예배 진행을 맡았다. 찬송가를 부르고 기도를 한 후에 "오늘은 뜻밖에 하나님의 은혜로 ○○ 교회에서 ○○ 장로께서 오셨습니다. 장로님께서 『성경』을 읽고 말씀하실 것이니 여러분은 잘 들으시기 바랍니다"라고 말하고 자기는 의자에 가서 앉아 졸고 있었다.

손님 장로는 『성경』 한 장을 다 읽은 후에 의자에 들어가서 앉았다. 졸고 있던 목사는 벌떡 일어서더니 "다 같이 일어나서 찬송가 3장을 부르며 폐회합시다" 했다. 모든 교우는 일제히 일어서서 3장 찬송을 불러 예배를 마쳤다. 설교하려던 장로와 모든 교우가 기가 막혀서 서로 돌아보고 있는데, 목사는 장로의 손을 잡고 "오늘 좋은 말씀을 많이 해주셔서 대단히 감사합니다"

하면서, 졸지 않고 들은 것처럼 천연하게

인사를 하는 것이었다.

장로는 할 말이 없어서 "성경 말씀 외에 무슨 좋은 말씀이 있겠습니까?" 하니, 목사는 "그러기에 제가 하는 말씀입니다" 했다.

이런 이야기를 들으니 참으로 부끄러움이 크도다. 평신도라도 조는 것이 부끄러운데, 하물며 강대에 앉아 있는 직분자는 몇백 명이 다 쳐다보고 있는 사람인데 정신없이 졸다가 설교하기 전에 폐회하자고 할까 걱정이다.

할 수 있는 대로 아무리 고단할지라도 정신만 차리면 졸음이 멀리 갈 것이다. 피차에 주의하여 옛날 사도 시대에 유두고가 졸다가 부끄러움과 고통을 당했던 것을 기억하며, 깨어 있다가 주의 소리를 직접 듣는 파수병이 됩시다.

●

일반적인 예배 순서에 의하면 설교를 할 『성경』 본문을 읽은 후에 교회 소식을 전하는 광고를 하거나 성가대의 찬양을 올린 후 설교자의 설교가 이어진다. 그래서 손님 장로는 『성경』 한 장을 읽은 후에 잠시 들어가 의자에 앉은 것이다. 그런데 졸던 목사가 그런 줄도 모르고 설교가 다 끝난 줄로 알았던 것이다.

유두고가 조는 이야기는 「사도신경」 20장 7~12절에 나온다. 바울이 전도여행 중 드로아 지방에 가서 강론을 했다. 강론이 길어지자 창에 걸터앉아 듣던 유두고가 졸다가 창에서 떨어져 죽었다가 살아난 사건이다. **몸만 앉아 있으면 예배를 드리는 것이 아니다. 조는 것을 경계하자.**

양은 목자만 따른다

•

목자가 양 무리를 인도할 때에 앞서 가는 양은 목자만 따르고 그 뒤에 있는 양 무리는 자기 앞서 가는 양만 따르는 것이 보통이다.

어느 날 앞서 가는 양이 한 나무를 만나서 뛰어 넘어가니 그다음 양도 뛰어 넘어가고 그다음 양도 뛰어 넘어갔다. 얼마 후에 나무가 넘어져서 다시는 양들이 넘어갈 필요가 없는데도 여전히 양들이 그 자리에서 펄쩍 뛰었다. 앞서 가는 양이 뛰는 본을 받았기 때문이다.

우리 교역자와 신자들이여! 어떤 본보기를 다른 사람에게 주고자 합니까?

•

내가 남긴 발자국이 남에게 길 안내가 된다.

눈밭에서만 그러는 것이 아니다. 재판에서도 선례가 있는가 없는가가 판결에 매우 중요하다. 내가 내 인생이라고 내 마음대로 할 수 없는 이유가 여기에 있다.

신앙이라는 집짓기

•

신앙이라는 기초 굳게 닦고
덕이라는 기초석을 다듬으며
지식이라는 기둥과 들보 준비해
경건이라는 목수를 불러다가
인내라는 기와를 구워서
사랑이라는 건물을 지어놓고
화목이라는 담장을 둘러쳐서
절제하며 준비하며 살아가니
하늘 영광 지척이요
지상의 풍경 눈 아래 있도다

●

기독교인으로서 천국을 바라보며 사는 삶을 집을 짓는 것에 빗대어 표현한 시다. 사람은 집을 짓기 위해 땅의 기초를 닦고, 주춧돌을 놓으며, 기둥과 들보 등의 재료를 준비한다. 집을 지을 목수를 부르고, 지붕을 덮을 기와도 굽는다. 이리하여 건물을 지으면 그 건물에 이름을 붙이기도 한다.

집을 짓고 담장까지 두르고 나면 거기에서 본격적인 삶을 살게 된다. 앞으로 닥칠 일을 생각하며 자기 형편에 맞게 사는 것이 바로 삶이다. 이런 순서에 「베드로후서」 1장 5~11절 내용에 나오는 단어를 넣어서 쓴 시다.

> 5절 그러므로 너희가 더욱 힘써 너희 **믿음**에 덕을, **덕**에 지식을
>
> 6절 **지식**에 절제를, 절제에 **인내**를, 인내에 **경건**을
>
> 7절 경건에 **형제 우애**를, 형제 우애에 **사랑**을 더하라.
>
> 11절 이같이 하면 우리 주 곧 구주 예수 그리스도의 영원한 나라에 들어감을 넉넉히 너희에게 주시리라.

마차를 얻어 타고 다니는 분

●

어느 신사가 새로 마부를 고용했다. 며칠 후에 마차를 세워둔 곳에 가서 보니 마부의 아이들이 놀고 있었다. 신사가 "내가 누구인지 아느냐?" 하니 아이들이 말하되 "그럼요, 알고말고요. 우리 아버지 마차 얻어 타고 다니는 분이시지요" 하는 것이었다.

오늘날 세상 사람이 하나님을 대하여 이렇게 하는 경우가 많다. 믿는다 하는 자들도 '내가 돈을 내어 예배당을 지었네', '내가 목사의 월급을 주네' 하는데 이것이 바로 이 아이들이 주인을 모르는 것과 같다.

●

헌금을 많이 하면 어깨에 힘이 들어가고, 내 예배당이네, 내 덕에 교회가 돌아가네 하는 사람은 지금뿐만 아니라 100년 전에도 있었나 보다.

주객이 바뀐다는 말이 있다. 너무 잘 해주면 기어오른다는 말도 있다. 다 얻어다 쓰면서 주인을 몰라보면 그보다 큰 결례도 없다. 이 모든 것이 우리가 늘 하는 잘못이다.

죽지 못하는 사람

•

저 유럽 지방에 유행하는 한 유명한 이야기가 있다. 예수
께서 십자가를 지시고 골고다를 향해 가실 때에 기력이
없어서 어떤 집 문에 의지해 잠깐 쉬려고 했다. 그 집 주인
이 보고 예수의 뺨을 치면서 "이 더러운 죄인 놈아, 어서
가거라" 했다.

예수께서 부득이하여 떠나가시면서 "네가 오늘은 나더러
가라고 하지만 너는 내가 다시 오기를 기다리게 될 것이
다" 했다.

그때부터 그 사람은 점점 늙어서 살이 빠져 파리해지고,
몸이 꼬부라져서 귀신처럼 되었다. 그런데 그 아들이 늙
어서 먼저 죽고, 손자, 증손자, 고손자, 현손자까지 다 늙
어 죽었는데도 이 영감은 죽지 않았다.

나중에는 어쩔 수 없어서 이 집 저 집 다니면서 빌어먹는
데, 이 집에 가도 뺨을 맞고 저 집에 가도 뺨을 맞으며 "어
서 가라" 하는 소리를 들을 뿐이었다.

그래서 프랑스, 독일, 영국, 스페인, 네덜란드
모든 나라로 떠돌며 다니는데 그 영감의 나이는

지금 거의 2,000세다. 지금까지 죽지 못하고 살아 다니니 고생이 비할 데가 없다.

지금이야 분명히 깨닫고 예수를 멸시한 죄를 회개하며 날마다 하늘을 향해 기도하기를 "주여 어서 오시옵소서, 주여 어서 오시옵소서" 한다고 한다.

●

예수님을 멸시했다가 그 벌을 받고 있는 사람 이야기다. 또날마다 주 오시기를 기다리자는 맥락으로 읽히기도 할 것이다. 하지만 그것보다 '죽음'이라는 것에 자꾸 더 눈이 간다. 인간은 죽고 싶지 않아서 각종 건강식품을 찾아 먹고 불로초를 구하기도 하지만, 사실 내 아는 사람들이 다 죽고 혼자 남아 산다면 그것처럼 고통스러운 일도 없을 것이다. 그렇다면 죽음이란 인간에게 선물이다. 그리고 그 죽음과 동시에 우리는 주님과 함께 있을 것이니 더욱 큰 선물이다.

행 동 방 식

네 번째 충고

나귀가 노새에게 간청했다. "내가 견딜 수가 없구려.
내 짐을 조금만 덜어서 가져다주게."
노새는 단번에 거절했다.
"내가 왜?" 결국 나귀는 견디지 못하고 죽고 말았다.
주인은 나귀에게 실었던 짐을 노새에게 옮겨 실었다.
노새는 탄식했다. "아까 간청할 때 조금만
도와주었더라면……"

은혜 모르는 꼴

●

여름 폭염이 삶는 듯 찌는 듯 더운데 어떤 나그네가 길을
가다가 도토리나무 아래에 앉아 그 그늘에서 시원히 쉬며
누어 있더니 나중에 이렇게 말했다.

"나무가 참 모양 없이 생겼구나. 이 나무는 어떤 재료로도
못 쓰는 무용지물이다."

과연 이런 사람은 은혜를 모르는 사람이라 하겠다.

●

그늘에서 더위를 피하고 쉬었으니 그 나무의 효용은 그것이다. 그 혜택을 스스로 누렸으면서도 나중에는 그것을 잊어버리고 비판하는 사람의 이야기다. 사실 우리의 이야기가 아닌가? **실컷 누리고도 불평하고 평가하는 꼴이 바로 나의 모습이다.**

사실 이 이야기는 이솝우화에서 나온 것이다. 100년 전에 이미 우리나라에 이솝우화가 소개되었다. 1800년대 후반 이후 나온 근대 신문에 단편적으로 하나둘 이솝우화가 실리기도 했고, 당시 출간된 책에 몇몇 이야기가 실리기도 했다. 『만고기담』에도 이솝우화에서 가져온 이야기가 몇몇 섞여 있다. 이솝우화는 선교사들에 의해 100여 년 전부터 우리에게 향유되었던 것이다. 이후 이솝우화를 원출전으로 하는 이야기 몇을 소개한다.

아까 조금 도와줄 것을

●

한 사람이 노새 한 마리와 나귀 한 마리에 짐을 나누어 싣고 길을 가고 있었다. 평탄한 길에서는 두 짐승이 모두 잘 갔으나 높은 산에서는 상황이 달라졌다. 나귀가 노새에게 간청했다.

"내가 짐이 무거워서 견딜 수가 없구려. 그대가 내 짐을 조금만 덜어서 가져다주게. 이 산만 지나면 내가 다시 지고 가겠네."

노새는 단번에 거절했다. "내가 왜?"

할 수 없이 그냥 짐을 지고 가던 나귀는 그 무게를 견디지 못해 산 속에서 죽고 말았다. 주인은 나귀에게 실었던 짐을 노새에게 옮겨 실었다. 나귀의 가죽까지 벗겨서 노새에게 실었다. 그때서야 노새는 깨달으며 탄식했다.

"내가 고생하는 것이 내 탓이다. 나귀가 간청할 때 조금만 도와주었더라면 이런 고생은 하지 않을 것을……."

●

사실 당장 내가 할 필요가 없는 일인 것 같고, 내게 손해나는 일인 것 같아도 실은 그렇지 않은 것이 많다. 그러니 굳이 하지 않아도 될 일이라도 함께 살기 위해서 한번 해보라.

남을 돕는 것이 나를 돕는 것이다

•

시계가 부지런히 움직이는 어느 날, 열두 번의 시계가 울렸다. 정오인가 보다. 입과 손과 팔과 다리와 발이 불만스러운 기색을 띠고 서로 이야기를 하고 있다.

"우리가 오늘부터 약속을 하자. 손은 밥 한 술 입에 넣지 말고, 입은 음식을 씹지 말고, 발과 다리는 아무 데도 가지 말고 가만히 있자. 그렇게 해서 밥만 축내는 위장을 길들이자. 저 놈은 평생 놀기만 하다가 우리가 애써서 벌면 공연히 그것만 넙죽넙죽 받아 먹는다."

그렇게 약속한 지 며칠이 못 되었다. 위장이 빌수록 눈은 뜰 수가 없고, 손과 발은 기운이 없으며, 입은 말할 수 없었다. 그제야 깨닫고 다들 위장 앞에 가서 꿇어 엎드려 백배사죄했다. 위장은 그때서야 빙그레 웃으며 말했다.

"음식을 구해서 들이는 것이 너희들의 일이요, 그 음식을 소화해서 너희가 힘을 내게 하는 것이 내 일이다. 너희가 없으면 나는 못 살고, 또 내가 없어도 너희가 살지 못할 것이다. 남을 도와주는 것이 곧 나를 돕는 것임을 배우라."

●

살다보면 나는 죽어라 고생을 하는데 누구는 놀고 있는
듯이 보일 때가 있다. 어느 때는 죽어라 고생해야 얻게 되
기도 하고, 또 어느 때는 내가 거저먹을 때도 있다. 중요
한 것은 그 모든 때, 그 모든 사람이 합쳐져서
우리 모두가 살게 된다는 것이다.

되로 주고 말로 받다

●

산 짐승의 왕이라 하는 사자가 병이 들었으므로 모든 짐승이 와서 문안했다. 그러나 여우가 문안을 오지 않은 것을 이리가 알고 사자에게 나아가 이렇게 말했다.

"대왕님, 모든 짐승이 대왕님께 와서 문병을 했는데 여우만 오지 않았습니다."

사자가 이 말에 크게 노했다. 여우가 이 일을 알고는 이리가 없는 틈을 타서 사자에게 나아갔다. 사자가 호통을 쳤다.

"네가 왜 이리 늦게 왔느냐?"

"대왕님께 충성을 다하는 것으로 치자면 누가 저보다 낫겠습니까? 제가 늦게 온 것은 다름이 아니라 사방으로 다니면서 여러 의원에게 대왕님의 병을 고칠 방법을 물어가지고 오느라고 늦은 것입니다."

사자는 귀가 솔깃했다.

"그래 어떻게 해야 병이 낫겠다 하더냐?"

"이리의 생가죽을 몸에 두르면 낫겠다고 하더이다."

사자는 이리가 다시 오기를 기다렸다.

잠시 후에 이리가 들어오자마자 즉시 죽여서 가죽을 벗겨 몸에 둘렀다. 이리가 죽을 때에 여우가 말했다.

"네가 만일 왕께 선한 말을 했더라면 어찌 내가 악으로 갚겠느냐?"

•

상대를 쓰러뜨리고 없애면 그것이 바로 나에게 이익이 되고 내 자리가 편해질 것 같지만 세상이나 상대의 마음은 내 뜻대로 움직여지는 것이 아니다. 남을 해하려다가 내가 해를 입는 경우가 세상에는 많다. 그래서 '남잡이가 나잡이가 된다' 고들 말한다. 남을 참소하는 것이 내게 이익을 가져다줄 것 같은가?

내가 모든 것을 조절할 줄 알고, 모든 사람이 내 계산대로 움직일 것이라고 말할 수 있는 사람이 아니라면 절대 남을 참소하지 마라.

오히려 이것을 생각해보라. 뒤에서 누군가 나를 해하려 하거나 헐뜯었다는 사실을 알게 되면 분노가 끝없이 치밀어 오른다. 반대의 경우는 어떨까?

누군가 내가 없는 곳에서 나를 응원하고 지지해주고 칭찬해주었다는 사실을 나중에야 우연히 알게 될 때에는 고마움이나 감동이 또 끝없이 솟아난다.

눈앞에서 칭찬해주는 것과는 차원이 다른 고마움

이 생기면서 그 대상에게 평생의 충성과 지지를 다짐하게 된다. 남이 없는 곳에서 한 번 그를 칭찬했다가 내 평생의 지지자를 만나게 되는 것! 이것보다 수지맞는 장사가 어디 있겠는가.

시기하면 죽는다

●

어느 집에서 양과 나귀를 함께 기르고 있었다. 양이 나귀를 시기했다. 주인이 나귀를 더 좋아하는 것 같았다. 양은 어떻게 하면 나귀가 주인에게 미움을 받게 할까 고민했다. 양이 하루는 나귀를 꾀었다.

"주인이 그대를 매우 홀대하는군요. 그대는 늘 무거운 짐도 나르고, 연자방아도 돌리는데 주인은 늘 그대를 꾸짖고 매로 때리기까지 합니다. 그대는 길을 가다가 거짓으로 개천에 넘어져서 피곤한 척을 하세요. 그러면 주인이 잘 해줄 거예요."

나귀는 그 말을 옳게 여겨 길을 가다 넘어지는 척하려 했으나, 잘못해서 정말로 발목을 다치고야 말았다. 주인이 수의사를 불러 물어보니 수의사가 "양의 간에서 피를 내어 바르면 낫습니다" 했다. 주인은 즉시 양을 죽여 간의 피를 내어 나귀 발목에 발랐다.

●

자기가 맨 줄에 자기가 묶인다는 자승자박自繩自縛이라는 한자성어가 있다. 남을 해쳤다가, 눈에 보이도록 당장 해를 당하지는 않더라도 언젠가 그 모든 진실이 밝혀져 곤란해지는 경우는 얼마든지 있다.

「잠언」 14장 30절에는 좀더 무섭고도 분명한 표현으로 경고하기도 했다. '평온한 마음은 육신의 생명이나 시기는 뼈를 썩게 하느니라'고 썼다. 시기하면 해를 당할 것이라고 말하는 것에 그치지 않고 '뼈를 썩게' 할 정도라고 했으니 깊이 생각해야 할 것이다.

먼저 구하라

•

아이가 물에 빠졌다. 매우 위태로운 지경이었다.

"살려주세요! 살려주세요!"

지나가던 사람이 이 소리를 들었다. 이 나그네는 아이를 구하지는 않고 그 자리에 서서 보기만 하면서 호통을 쳤다.

"네가 어찌 조심하지 않았다가 빠졌느냐?"

아이가 말했다.

"먼저 나를 구해준 후에 꾸짖어 주십시오. 그때 꾸짖어도 늦지 않습니다."

무릇 사람이 깊은 죄에 빠진 때에 옳은 이치로 책망하는 것이 좋지만, 먼저 그 사람을 죄에서 이끌어낸 후에 책망할지니라.

●

일단 살려놓는 것이 먼저다. 사람도, 회사도, 나라도 일단 살려놓는 것이 먼저다. 대상에 대한 사랑하는 마음이 없으면 꾸짖지 말아야 한다. 대상을 진심으로 사랑하는데, 그의 위험을 아랑곳하지 않고 꾸짖기만 할 사람은 없다. **사랑하는 마음 없이 꾸짖는 것은 자기를 높게 보이려고 하는 교만의 표현일 뿐이다.**

중요하면 준비하라

●

기사騎士에게 가장 중요한 것은 말이다. 기사가 자기 말을 잘 먹이는 것은 전쟁터에 나가서 싸울 때 말의 힘과 목숨이 곧 자기 힘과 목숨이기 때문이다.

한 기사가 있었다. 전쟁터에서 자기 말을 매우 아끼며 잘 먹였다. 전쟁에서 돌아온 후에는 겨나 먹이고, 또 날마다 무거운 짐을 실었다. 말이 매우 파리해졌다.

나중에 그 기사가 다시 전쟁터에 나가게 되었다. 말에게 갑옷을 입히고 자기도 갑옷을 입은 채 타니, 말은 두 갑옷의 무게를 견디지 못해 길에서 엎드러지며 말했다.

"주인님, 이제부터는 걸으시는 것이 마땅합니다."

말이 없으면 마병馬兵은 무용지물이다.

●

핵심이 있고 주변이 있다. 핵심이 없으면 주변은 아무리 많
거나 좋아도 소용이 없다. 기사騎士의 기騎는 말을 탔다는 뜻
이다. 기사가 보병이나 포병이 아니라 기사라 불리는 이유가
말 때문이다. 그러니 기사이면서 말이 없으면 그는 기사일
수가 없다. 당연히 기사가 가장 신경을 써서 관리하고 준비
해야 하는 것이 말인 셈이다. 말을 뒷전에 두고 투구를 닦으
며 멋진 갑옷을 마련하는 것에나 신경을 쓴다면, 기껏 준비
해놓은 투구나 갑옷을 입을 기회도 얻지 못하게 될 수 있다.
그러니 닦으며 마련하느라 준비한 수고가 헛것이 된다. 핵심
이 먼저 되어야 나머지도 의미 있다. 나는 누구인가? **나의
정체성을 증명해주는 그것을 제대로 갖추고
있지 못하다면 나는 정말 쓸모없는 사람이다.**

위험한 장난

•

쥐가 한 마리 있었다. 굴에 사는 것이 답답해 밖에 나갔다가 개구리를 만났다. 개구리와 함께 즐겁게 놀았다. 하루는 장난으로 둘이 서로 다리를 묶어서 놀자고 했다. 그렇게 하면 서로 친함을 보이는 것 같아 기분이 좋았다.

서로 다리를 묶은 채로 밭에 들어가 곡식도 마음껏 훔쳐 먹었다. 점점 시냇가에 가까이 왔다. 들에 한참 동안 있어서 더웠던 개구리가 물을 보자 기쁨을 이기지 못해 자기도 모르게 물 가운데로 '풍덩' 뛰어 들어갔다. 다리가 묶여 있었던 까닭에 쥐도 물속으로 빨려 들어갔다. 결국 쥐는 죽어서 물 위에 둥둥 뜨게 되었다.

지나던 매가 물에 뜬 쥐를 보았다. 쏜살같이 내려와 쥐를 물고 갔다. 다리가 묶인 탓에 개구리도 딸려가서 결국 매의 밥이 되고 말았다.

●

모든 사람과 친하게 잘 지내는 것이 좋다고 한다. 하지만 도저히 함께할 수 없는 위험 요소를 가지고 있다면 어울리지 않는 것이 안전하다.

함께해서는 안 되는 사람들

●

숯을 만들어 파는 숯장사가 있었다. 넓은 집에 사는데 아내도 자식도 없이 혼자였다. 남의 빨래를 대신 해주고 돈을 받는 빨래장이를 만났다. 함께 살자고 했다. 그랬더니 빨래장이가 매우 고맙다고 하면서도 이렇게 말했다.

"그처럼 저를 생각해주시니 참으로 고맙습니다. 그러나 같이 살지는 못합니다. 만약 제가 당신 집에 산다면 기껏 깨끗하게 빨래를 해놓는다 해도 숯 때문에 빨래가 금세 더러워질 테니까요."

인간들아! 세상 사람과 교제할 때에 나의 믿음에 해 되지 않는지 스스로 살필지어다.

●

어찌 믿는 사람들에게만 해당이 되겠는가? 모두 마찬가지
다. 사람은 누구나 주위 사람에게 영향을 받게
마련이다. 그래서 벗을 가려서 사귀어야 한다는 것은 동
서고금을 가리지 않고 늘 이야기된다. '먹을 가까이 하면 검
어진다'는 뜻의 사자성어 '근묵자흑近墨者黑', '쑥대도 삼밭에
서 자라면 곧아진다'는 속담 등이 모두 그런 것이다.

무엇을 자랑하리오

•

날아다니는 곤충들이 사자에게 말했다.

"그대가 비록 산 중의 왕이라 하지만 우리는 그대를 조금도 두려워할 일이 없다. 그대의 어금니와 발톱이 강하지만 우리 보기에는 어여쁜 여자가 꾸짖는 것과 같으니, 그대가 우리에게 어찌 하리오? 만일 우리의 말을 믿을 수 없다면 시험 삼아 서로 싸워보는 것이 어떠하냐?"

그리하여 드디어 곤충들이 모여 침으로 사자의 코를 쏘았다. 사자가 발로 자기 코를 만져보니 피가 쉼 없이 흐르는 것이었다. 매우 화가 났지만 곤충들에게는 어찌할 수 없어서 도망쳤다. 도망치는 사자를 보니 곤충들은 통쾌하기 이를 데 없었다.

곤충들이 이긴 것을 기뻐하며 교만한 마음으로 돌아오다가 뜻밖에 거미줄에 걸려 죽고 말았다. 세상에서 사람이 무엇을 자랑하리오?

●

우리나라 사설시조 중에 이런 것이 있다.

두꺼비 파리를 물고 두엄 위에 치달아 앉아

건넛산 바라보니 백송골이 떠 있거늘 가슴이 끔찍하여 풀쩍

뛰어 내닫다가 두엄 아래 자빠졌구나.

마침 날랜 나이기에 망정이지 애헐질 뻔 했구나.

두꺼비가 파리를 물고는 의기양양해서 두엄 위에 올라앉았다. 먹이를 입에 물고 있으니 천하가 자기 것 같다. 그러다 문득 건너편 산을 바라보니 매가 보인다. 큰일 났다. 매에게 잡아먹힐라. 얼른 뛰어내리다가 두엄 아래로 굴러 떨어지고 말았다. 그리고 나서도 스타일 구기고 싶지 않아 교만을 떤다. "내가 날쌔기 망정이지 하마터면 큰일날 뻔했다."

파리, 두꺼비, 매로 이어지는 먹이 사슬의 모양을 살필 때 두꺼비가 자랑할 것이 무엇이랴. 또 두꺼비의 교만함도 눈여겨볼 만하다. 매 앞에서 꼼짝도 못하고 죽다 살아났으면서 자기 자랑은….

분수를 알지어다

●

어느 집 뜰에 나귀와 닭이 함께 살고 있었다. 하루는 사자가 와서 나귀를 잡아먹으려 했다. 닭은 어찌 할 줄 모르며 큰 소리로 울었다. 사자가 닭 우는 소리에 깜짝 놀라 도망치기 시작했다.

나귀는 "저 사자가 나를 두려워하여 저렇게 도망치는구나" 하며 착각하고는 그를 쫓아갔다. 사자가 돌아보고 크게 노해 나귀를 잡아먹었다. 천하만사에 다 자기를 믿다가 해를 당하는 경우가 많다.

●

겸손한 자가 분수에 맞춰 행동한다. 그러니 분수를 아는 것과 겸손한 것은 동전의 양면처럼 함께 있는 것이다.

위험한 따라하기

●

까마귀가 있었다. 어느 날 보니 큰 매가 높은 산봉우리에
있다가 내려와 양의 새끼를 잡아채가는 것이었다. 그 모습
이 멋있기도 하고 부럽기도 했다. 자기도 해보기로 했다.
목장에 내려가서 양의 등에 앉아 발톱으로 움켜쥐려고 했
으나, 양의 털에 두 발이 엉켜 빠져나갈 수도 날아갈 수도
없게 되었다.
조금 후에 목자가 와서 보고는 까마귀를 잡아다가 아들에
게 주었다. 아들이 장난감으로 삼아 늘 가지고 놀았다. 까
마귀는 그렇게 살다가 죽고 말았다.

●

내가 누구인지, 나는 어떻게 살아야 하는 사
람인지 늘 살펴야 한다. 무작정 남을 부러워하거나
따라하는 것은 매우 위험한 일이다.

내 아버지는 나귀입니다

•

한 나귀가 있었다. 배불리 먹고서 생각해보니 자기가 세
상에서 제일 잘난 것 같았다.

"내 아버님은 틀림없이 하늘이 내리신 준마駿馬일 거야. 그
렇지 않다면 내가 어찌 이와 같이 걸음이 빠르겠어."

어느 날 주인을 태우고 먼 길을 가게 되었다. 가는 데에 피
곤함을 이기지 못하게 되니 스스로 인정하기를 "내 아버
지는 준마가 아니라 나귀입니다" 하는 것이었다.

•

사람은 자기를 믿는다. 틈만 나면 자기가 최고라고 한다. 그
러다 조금만 달라지면 자기 모습을 인정하지
않을 수 없으면서, 끝없이 늘 교만하기만 한
것이 사람이다. 참 우습다.

악을 돕는 사람의 최후

•

뱀은 겨울이 되면 구멍에 들어가서 죽은 것처럼 지낸다. 어느 농부가 이른 봄에 밭을 갈다가 그런 뱀을 보고 불쌍히 여겨 품에 품어서 따뜻하게 보호해주었다. 뱀이 그 덕에 다시 살아나서 그 농부를 물었다. 독이 금세 퍼져 농부가 죽게 되었다.

천하에 박애를 베푸는 사람이라도 악을 도와주다가는 도리어 해를 당하기 쉽다. 교회가 죄를 용납하면 또한 이 같을 것이다.

●

뱀이 은혜를 모르고 은인을 물었다고 탓할 문제가 아니다.
뱀은 속성상 당연히 그렇게 한다. 그 속성도 알고 위험도 알
면 그것에 맞게 대처해야 한다.

왜 남의 허물이 잘 보이는가

●

천지를 만들 때에 하늘이 큰 주머니 하나와 작은 주머니
하나씩을 사람에게 주면서 당부하기를 "남의 허물을 보거
든 이 큰 주머니 속에 넣어라. 그것을 거울삼아 자기 몸을
바로 하라. 날마다 내 허물을 살펴보아서 이 작은 주머니
에 넣어라. 그렇게 해서 다시는 그런 허물을 범하지 마라"
했다.

사람이 받아 이 두 주머니를 차는데 잘못해서 큰 주머니
는 앞에 차고 작은 주머니는 뒤에 찼다. 그런 까닭에 남의
허물은 보기 쉬워 자주 말하게 되었으나, 자기 허물 주머
니는 꽁무니에 있어서 잘 보지도 못하게 되었다.

●

우리 속담에도 있다.

"똥 묻은 개가 겨 묻은 개 나무란다."

"내 눈의 들보는 보지 못하고 남의 눈의 티를 빼라고 한다."

헛된 꿈꾸기

•

어느 젊은 여인이 소에게서 젖을 짜서 머리에 이고 저자에 팔러 가고 있었다. 가면서 이런 생각을 했다.

"이 소젖을 팔면 돈 얼마를 얻는다. 그 돈으로 닭을 사서 알을 받자. 그 알로 병아리로 부화시키면 닭이 몇 마리가 된다. 또 새끼를 치면 닭이 몇 백 마리가 되고, 또 그다음에는 몇 천 마리가 되고 또 그다음에는 몇 만 마리가 되겠지. 그 몇 만 마리를 팔면 돈이 얼마가 된다. 아! 그때에는 내가 부자가 된다. 허다한 남자들이 내게 구혼을 하겠지. 그때에는 내가 꼼꼼하게 따져서 허락하지 함부로 하지는 않을 테야."

이렇게 말을 하다가 머리를 절레절레 흔드는 바람에 소젖을 담았던 통이 떨어져 깨지고 말았다.

●

통이 깨지면서 깨진 꿈이여! 사람의 일이 그리 뜻대로 되던가? 뜻대로 되지 않는 세상이라면 이런 생각을 해보는 게 어떨까? 구혼을 받으며 꼼꼼히 따져서 내게 맞는 사람과 혼인을 하겠다는 생각을 하고 그렇게 하는 것은 꼭 부자가 되기 전에라도 할 수 있다. 부자가 되고 난 다음에 어떻게 할 것인지만 꿈꿀 것이 아니라 지금도 할 수 있는 것을 해나갈 수 있지 않은가.

내가 있어야 할 자리

●

따뜻한 햇볕이 내리쬔다. 어느 곳이나 햇살로 환하다. 한
쪽에 조그마한 산이 있다. 그리고 거기에 잣나무가 하나
있다.

잣씨로 떨어져 땅에서 빼꼼 눈을 뜬 것이 엊그제 같은데
이제 제법 컸다. 한 뼘쯤이나 된다. 이제 바람이 불면 제법
잎도 날리고 향도 난다. 으쓱해져서 발아래를 보았다. 땅
위에 있는지 땅 속에 있는지도 모를 만큼 반쯤 땅에 묻혀
오물오물 가는 벌레가 보인다. 종일 땅 위에서 버둥거리
며 걸어다니는 개미도 보인다. 손가락만 한 이름 모를 잡
초들은 다들 땅에 고개를 푹 숙인 채 일어설 줄 모른다.

이제 잣나무가 솥단지만큼 커졌다. 잣나무는 기분이 좋다.

"내가 꽤 컸구나."

며칠 뒤 그날도 땅 아래 조그만 것들을 보며 한가하게 있
는데, 메뚜기 한 놈이 스르륵 머리 위로 날아간다.

"어, 이상하다. 내 위에 나보다 높은 풀이나
나무가 있는 걸까?"

처음으로 머리 위를 올려다 보았다. 생각지도

못했던 억새풀이 넓은 잎을 흔들며 내려다보고 서 있는 것
이 아닌가?

"아! 이거야 될 말이냐. 나도 커야겠다."

잣나무는 크는 데에 몰두했다. 물도 많이 먹고 운동도 많
이 했다.

"하루 빨리 저 억새풀보다 커야지. 나보다 큰 놈이 있다
니⋯⋯. 안 돼."

잣나무는 훌쩍 컸다. 드디어 어른 키만 해졌다. 전에 자기
를 내려다보던 억새풀이 지금은 어깨 아래에 있다. 전에
는 보이지 않던 저 멀리에 있는 풀이며, 작은 나무들이며,
바위까지 환히 보인다.

"아! 나도 이만큼 컸으면 다 컸다."

잣나무는 날마다 발밑을 보며, 저 앞의 작은 풀들을 보며
스스로 대견해한다.

또 며칠이 흘렀다. 잣나무 머리 위에서 무슨 소리가 들리
는 것이었다.

"꾀꼴꾀꼴."

잣나무는 소리 나는 곳을 향해 고개를 들어보았다. 꾀꼬리 한 마리가 높은 버드나무 위에 앉아서 노래하고 있는 것이었다. 잣나무는 순간 풀이 죽었다.

"나보다 높은 나무가 있었네. 아! 안 되겠다. 또 자라야겠다."

얼마큼 되었을까. 이제 잣나무의 키는 10미터쯤이나 되었다. 얄밉게도 머리 위에 있던 버드나무가 이제는 잣나무 눈 밑에서 실 같은 이파리들을 너슬너슬 흔들고 있다. 전에는 구경도 못하던 나무들까지 모두 다 턱 아래 아니면 코 아래로 보인다. 잣나무는 기분이 좋아졌다.

"이제는 나를 누를 놈이 없어."

잣나무는 배도 불룩 내밀며 잘난 체한다.

하루는 자기 어깨 아래에 있던 다른 잣나무 하나가 무슨 큰일이나 난 듯 말했다.

"형님! 형님이 늘 당신보다 세상에 높이 자란 이가 없다고 하더니 저것 좀 건너다 보십시오. 형님 머리보다 훨씬 높이 자란 소나무 위에 흰 새 한 마리가 자고 있잖아요."

잣나무는 깜짝 놀라 올려다보았다. 과연 그랬다. 자기 키보다 훨씬 높이 솟은 가지에 학이 한 마리 앉아 졸고 있는 것이다. 그 모습이 매우 아름답게 보이기까지 했다.

"허! 공연히 놀고 있었네."

절로 고개가 푹 숙여져 다시 자라기를 계속했다.

이번에는 훨씬 더 자랐다. 이 산중에 있는 나무란 나무는 모두 다 이 잣나무 아래로 내려다보이게 되었다. 이제부터 자러 오는 학의 무리가 다 이 잣나무로 온다. 있는지도 몰랐던 저 멀리 바다도 보인다. 정말 그림 같이 멋진 경치다. 잣나무는 다시 배가 불러졌다.

"이제는 다 컸다. 나를 내려다볼 놈이 세상에 나올 수가 있겠어?"

이제 잣나무는 위를 올려다보지 않는다. 그렇게 그렇게 하루하루가 지났다.

밤안개가 짙게 끼었다. 그러다 하늘이 툭 터졌다. 높이높이 구름 사이로 맑은 달빛이 반짝하고 이 잣나무 위에 쏟아졌다. 잠들었던 잣나무가 이 빛에 화들짝 놀라 깨었다. 머리를 들고 하늘을 올려다보았다.

구름은 펄펄 날아가고 별은 반짝반짝 하는데, 커다란 쟁반 같은 둥근 달이 멀리멀리 푸른 하늘에서 잣나무를 보고 있는 것이었다. 자꾸 꾸짖는 것만 같았다.

"아니다, 아니다. 내 키는 키가 아니다. 아아! 내가 제일 잘난 줄 알았더니, 내가 제일 높은 줄 알았더니…… 내 머리 위에 있는 공간은 한이 없구나."

배 내밀며 뽐내던 지난날이 생각났다. 온몸이 떨렸다. 잣나무는 부끄러워졌다.

"나는 그냥 하루하루 자라야 하는 것이로구나. 내가 할 일은 그렇게 자라는 것, 크는 것뿐이로구나."

이때부터 잣나무는 아무 말 없이 하루하루 커나갔다.

●

잣나무와 같은 깨달음을 하여 그렇게 사는 사람이 많아졌으
면 좋겠다. 내가 있어야 할 자리, 내가 해야 할
일은 무엇인가? 내가 해야 할 일은 내 자리를
지키며 충실히 사는 것뿐이다.

비 한 방울의 기적

•

옛날 어느 해에는 가뭄이 심해 곡식이 모두 타죽을 지경이었다. 한 농부가 하늘을 우러러 보며 비를 내려주기를 간절하게 빌었다. 빗방울들이 이것을 내려다보고 있었다. 어떤 빗방울 하나가 이것을 보고 친구 빗방울에게 말했다.

"여보게, 저 농부의 모습이 불쌍하지 않은가? 어떻게 도울 방법이 없겠는가?"

"우리 힘으로는 개미집 하나 젖게 하기도 어렵지 않은가?"

처음 말을 했던 빗방울이 "그야 물론 우리 힘으로는 도울 수 없지. 그러나 우리가 온힘을 다하면 한때나마 위로는 될 거야" 하더니, 곧장 땅을 향해 내려가서 농부의 이마에 살짝 앉았다가 곡식 이파리 사이로 떨어졌다.

농부는 뜻밖에 한 방울이나마 비가 떨어진 것을 보고 몹시 좋아했다.

"우와, 빗방울이 떨어진다. 이제 소나기가 한바탕 오려나 보다."

농부는 조금이나마 주름을 펴고 한껏 기뻐하는

것이었다.

다른 빗방울도 "나도 가서 내 정성이나 보여야겠다" 하며 처음 떨어진 빗방울을 따라 농부 앞에 떨어졌다. 그 근방에 있던 여러 빗방울이 그 두 빗방울이 하는 것을 보고 감동했다. 그래서 자기들도 다 몸을 날렸다. 결국 말라죽을 뻔한 곡식들이 다 살아났다. 이 해에 풍년이 들었다.

●

한 방울은 아무것도 아닌 것을 알고도 한다. 하지만 모든 놀라운 일은 바로 그 한 방울 때문이 이루어진다.

더 훌륭한 촛대

•

스코틀랜드 하이랜드highland 땅의 한 추장이 런던 궁전 연회에 참석하여 구경하게 되었다.

커다란 촛대에 불빛이 휘황찬란함을 보고는 말하기를 "우리 하이랜드에는 저것보다 더욱 훌륭하고 좋은 것이 있다" 하니 함께 연회에 참여한 사람들이 한번 보여달라고 했다.

사람들이 찾아가서 보는데, 아무것도 없고 다만 추장을 시위侍衛하는 키 큰 사람만 있을 뿐이었다. 그는 오른손에 긴 검을 잡고 왼손에 등불을 든 채 손님들의 뒤편에 서 있었다. 추장이 손님들을 향해 말했다.

"이 사람이 우리나라의 촛대입니다."

당신이 국가와 교회의 촛대 되기를 깊이 축원합니다.

●

『자치통감』의 주周 현왕 14년조에도 사람을 보물로 여기는
이야기가 나온다. 제나라 위왕과 위나라 혜왕이 만났을 때
혜왕이 보물 자랑을 했다.

"내 나라는 땅 덩이는 작지만, 내 나라에는 한 자나 되는 구
슬이 있소이다. 이 구슬이 내는 빛이 수레 12대를 비출 만큼
이지요. 이런 구슬이 자그마치 10개나 있습니다. 제에도 보
물이 있습니까?"

"내가 보물로 삼는 것은 왕과 다릅니다. 내 신하 중에 단자라
는 사람이 있는데 그에게 남쪽 성을 지키게 하면 남쪽의 초나
라가 감히 노략질을 못하고 아래 지방 제후들이 모두 와서 내
게 조회를 합니다. 내 신하 중 반자에게 고당 지역을 지키게
하면 조나라 사람이 함부로 와서 고기잡이를 하지 않습니다.
또 내 신하에 검부라는 사람이 있는데 그에게 서주를 지키게
하니 연나라에서 70여 호나 거처를 옮겨왔습니다. 이 신하들
이 내 나라의 보물입니다. 단지 수레 12대나 비추고 마는 것
이 아니라 천리 사방을 비추는 이들입니다."

말도 억울함을 푼다

•

서양에 한 정직한 재판장이 있었다. 종을 높이 달고 광고하기를 "누구든지 억울한 일이 있는 백성은 와서 이 종을 울려 원한을 풀라" 했다. 이같이 몇 해를 하니 백성이 매우 평안해졌다. 수년 후에 종의 끈이 썩어서 끊어졌는데 마침 그 저자에 노끈이 품절되어, 다른 저자에 가서 사올 동안 부득이 포도 덩굴로 줄을 대신했다.

그때에 어떤 무사가 훌륭한 준마 덕에 크게 성공했다가 준마가 늙어서 더는 쓸 수 없다면서 말을 먹이지 않고 쫓아냈다. 그 말이 돌아다니다가 배가 고파서 포도 덩굴에 붙은 잎을 떼어 먹으니 종소리가 나게 되었다. 재판장이 종소리를 듣고 준마의 주인을 조사한 뒤 다음과 같이 결정했다.

"네가 이 말 덕분에 큰 공을 이루었으면서 지금 이 말을 버리는 것은 의리가 아니다. 이제 네 재산을 셋으로 나누어 그 3분의 1로 말을 먹이라."

●

그저 흥미 위주의 옛 이야기에 불과하다고 읽을 수도 있다. 하지만 세상의 모든 일에는 우연이 없고, 그 모든 일은 하나님의 주관하에 있다는 생각으로 다시 보면 이 이야기조차 다시 읽힌다. 모든 일은 하나님이 주관하시며 평가하시고 일으키신다.

남만 보고 있지 마라

●

어떤 새가 밀밭에 둥지를 틀어 새끼를 키우고 있었다. 하루는 주인이 와서 혼잣말을 했다.

"때가 되었으니 이웃 사람을 불러다 밀을 거두어야겠다."

새끼들이 어미새에게 "우리 이사가야겠네요" 하자, 어미새가 말했다.

"염려 마라. 남의 힘에 의지하려는 사람은 결국 일을 하지 못한단다."

며칠 후에 주인이 다시 와서 밭을 살펴보더니 또 혼잣말을 했다.

"밀이 이미 누렇게 되었으니 내일은 내가 와서 거두어야겠다."

그 말을 들은 어미새가 "주인이 전에는 남의 손에 의지하려고 했으나, 지금은 자기 힘으로 하려고 하니 이제 다른 곳으로 가야겠다" 하고 모든 새끼를 거느리고 즉시 다른 곳으로 이사했다.

●

남은 나를 우선하지도 않고, 나와 영원히 함께하지도 않는다. 내가 지위가 있거나 돈이 있으면 조금은 내 뜻대로 움직여주는 것 같지만, 내 지위나 돈의 규모에 변화가 생길 때 그들은 언제든 나 아닌 누군가를 위해 가버릴 수 있다. 또 남은 어디까지나 남이다. 내 평생 나와 함께 있어 줄 사람은 아무도 없다. 함께 있는 동안에라도 꼭 필요한 어느 때에 내가 혼자 있게 되는 수도 많다.

남의 도움을 구하고 적절히 그 도움을 받으며 살면서도, 동시에 내가 내 안에 능력과 열심과 계획을 갖추어 움직여야 하는 것이다. 능력이 나에게 있고, 열심이 나에게 있고, 계획이 나에게 있어야 비로소 내가 원하는 방향으로 움직일 수 있는 것이다. 남만 보고 있는 사람은 언젠가 크게 뒤통수를 맞는다.

이 이야기를 우리 속담으로 옮기면 '하늘은 스스로 돕는 자를 돕는다' 정도가 될 것이다.

사용하지 않은 것의 최후

•

두더지가 본래는 눈이 있었으나 땅 속으로만 다니며 눈을 사용하지 않으니, 날이 오래되고 해가 깊어짐에 따라 자기도 모르는 중에 자연히 보지 못하게 되었다.

신자도 받은 은혜를 남에게 베풀지 않으면 저 두더지의 눈처럼 되기 쉬우며, 사해의 쓴 물이 될 수 있다.

●

이스라엘 남부에 있는 사해死海는 물을 받아들이기만 할 뿐 흘려보내지 않는다. 그래서 그 소금의 함량이 높은, 죽은 바다라 일컬어진다. 은혜는 받은 만큼 남에게 흘러보내야 나도 건강해지고 남도 건강해진다.

귀한 학생들

•

독일의 초등학교 교사가 학생들의 앞으로 나갈 때마다 경
례하며 말하기를 "대학자와 대정치가, 한 나라의 제왕이
될 인물이 이 중에 있는지 누가 알리오?" 했다. 과연 마르
틴 루터가 이 문하에서 나와 유럽 여러 나라의 무관無冠의
제왕이 되니라.

●

'무관'의 제왕이 되었다 했으니, 실제 어느 나라의 왕의 자리에 오르지는 못했으나, 왕처럼 모든 사람이 따르고 존경하는 인물이 되었다는 말이다. 제왕에 오른 이에 대해서는 누구나 머리를 숙인다. 그렇게 하지 않으면 자신을 해칠 수 있는 권력과 힘을 가졌기 때문이다. 하지만 교사는 그런 강제적인 힘은 없어도 사람들이 자발적으로 제왕처럼 복종했다는 것이니 사실 진정 명예로운 것은 후자다. 그러므로 무관의 제왕은 제왕보다 위대하다. 그런 위대한 인물은 누가 만들어낼 수 있었을까? 바로 어린 사람이라도 겸손히 존중했던 그 교사가 만들어낸 것이다.

양 치는 아이의 충성

●

독일의 한 아이가 목자가 되어 삯을 받고 양을 치는 일을
하고 있었다. 하루는 산 속에서 어떤 사람이 말을 타고 달
려오다가 매우 목이 말라서 이 목자 아이에게 말했다.

"가서 물을 길어 오면 상으로 돈을 많이 주겠다."

"양을 버리고 갈 수 없습니다."

"내가 지키고 있겠다."

"양이 당신의 소리도 알지 못하고, 미안하지만 당신이 양
들을 어떻게 할지도 모릅니다. 위험한 일을 만나면 당신
은 양을 버리고 도망하기 쉬울 것입니다."

아이가 그러면서 응하지 않았다.

그 남자는 독일의 황태자였다. 궁에 돌아가서 그 아이를
불러다가 이르되

"너는 과연 충성 되어서 믿을 만한 사람이다"

하며 교육을 시켜주고 나중에는 대신으로 삼았다. 그 아
이는 마침내 유명한 대신이 되었다 한다.

•

이런 이야기를 읽으면 다들 맨 마지막에 상 받는 것에만 관심을 보인다. 그래서 사람들은 평소에 하는 모든 행위에서 상대방이 변장한 '대단한 실력가'이기를 바라는 막연한 바람을 갖고 있다.

충성을 다하고도 인간 세상에 사는 동안 황태자에게 받은 것 같은 상을 못 받을 수는 있다. 하지만 저 세상에서 조그마한 한 나라의 황태자가 아니라 온 우주의 왕이신 분에게 상을 받는 것은 확실하다.

어리석은 자의 세배

•

어떤 사람이 한 소경에게 다가갔다.

"지금은 정월 초순이니 나와 함께 세배하러 가자."

그러고 나서 그를 데리고 나왔다.

먼저 마구간에 가서 말하기를

"이 집은 마참봉 댁이라"

하면서 세배를 시켰다.

또 개 앞에 가서

"이 집은 구초시 댁이다"

하며 세배를 시켰다.

마귀가 사람을 유혹함이 이것과 무엇이 다르랴?

●

마는 馬이니 말을 한자로 쓴 것이요, 구는 狗이니 개를 한자
로 쓴 것이다. 참봉은 조선시대 종9품의 벼슬. 초시는 조선
시대 과거의 1차 시험이며, 이 시험에 합격한 사람을 초시라
고 부르기도 한다.

남의 어리석음은 잘 보고 비웃으면서, 스스로 똑같이 어리석
은 행동을 하고 있다는 사실은 깨닫지 못하는 사람이 많다.

지금부터 나를 다시 돌아보자.

다섯 번째 충고 후
회

잣새가 잣을 먹으려고 잣나무에 앉으니
진액이 발에 붙어서 뗄 수가 없었다. 한참만에 간신히
발을 떼어 날아갔다. 그 후에 잣새는 잣을 먹고 싶은 마음을
이기지 못해 다시 와서 잣에 앉았다. 진액이 전보다
많아진 까닭에 다시는 발을 뗄 수가 없게 되었다.
지나가던 새매가 보고 먹어버렸다.

미래를 준비한다는 것

●

여름이다. 개미가 힘을 다해 먹을 것을 모으는 모습을 새끼 제비가 보았다. 새끼 제비가 개미에게 물었다.

"너는 왜 그렇게 수고하니?"

개미가 대답했다.

"겨울에 먹을 것을 미리 준비한다."

새끼 제비도 개미를 본받기로 했다. 날마다 이리저리 다니며 먹을 것을 힘써 모았다. 어미 제비가 보고 웃으며 말해주었다.

"우리는 겨울이 되면 여기에 있지 않고 따뜻한 지방으로 갈 것이니, 그렇게 하지 않아도 된단다."

우리도 세상에 있을 동안 육신만 위해 사는 자를 본받아서 따라가기 쉬우니라.

●

추위가 오기 시작하면 제비는 따뜻한 강남으로 간다. 한 장소에서 계속 사는 개미와는 다른 것이다. 철새인 제비가 개미 같이 하는 것을 보고 우리는 웃는다. 바보 같은 놈이라고. 하지만 똑같이 바보 같은 짓을 하고 살고 있는 인간을 발견하게 된다.

미래를 미리 준비하고, 대비하는 것을 지혜로운 일이라고, 잘하는 일이라고 하기 쉽다. 좀더 안정적인 삶을 살려고 돈을 더 벌고, 높은 지위를 오르려고 하는 것이 세상의 눈으로는 지혜로운 일인 듯하지만 사실은 그렇지 않다. 내가 누구이고 어디로 가는지를 생각하지 않고 세상에서 계속 편안히 있을 것만 준비하는 것은 헛수고다. 저들과는 다른 나의 길을 가야 한다.

내가 볼 수 없는 것

●

어느 대감댁에 종이 셋 있었다. 주인은 종의 출신 지명을 따라 각각 이름을 지어주었다. 하나는 해변에서 사온 까닭에 이름을 어빈御濱이라 했고, 하나는 산중에서 사온 까닭에 이름을 어송御松이라 했으며, 하나는 저잣거리에서 사왔으므로 이름을 어전御廛이라 했다.

세 종이 하루는 모여서 달이 어디에서 나오느냐를 두고 말싸움을 벌었다. 어빈은 달이 바다에서 올라온다 하고, 어송은 달이 산에서 올라온다 했으며, 어전은 달이 저자에서 올라온다 했다. 서로 자기가 보았다면서 굽히지 않아 싸움이 멈추지 않았다. 각기 본 것이 그것뿐이므로 소견이 좁아 쟁론이 심했던 것이다. 세상 사람들 중에서 일어나는 다툼이 이와 같다.

●

빈濱은 물가를 뜻하는 한자요, 송松은 소나무를 뜻하는 한자이며, 전廛은 가게를 뜻하는 한자다. 각각의 장소를 나타내는 이름을 지어준 것이다. 세 종은 분명 자기 눈으로 직접, 그리고 여러 번 달을 보았다. 그리고 자기 눈으로 보았으니 그보다 정확할 수 없다는 확신을 가진다. 그래서 물러설 줄 모른다. 사람들은 자기가 본 것은 확실히 사실이라고 믿는다. 그러나 그 본 것조차 제한적인 것임은 생각하지 못한다. 그런 인간이 자기 스스로 이해가 안 되는 것은 '말도 안 된다' 며 '못 믿겠다' 하는 것은 또 얼마나 우스운 일인가. 하지만 분명 이 세 사람의 말은 진리일 수가 없음을 우리는 안다.

인간이 취할 자세는 그저 "내가 모르는, 내가 이해할 수 없는 많은 것이 있다"는 것에 대한 인정이다. 그래서 "내게 보여주면 믿겠다", "그게 말이 되느냐? 그러니 믿을 수 없다"는 말이 헛된 말임을 알겠다.

내가 볼 수 있는 것

●

영국의 수도 런던의 어느 가게 앞에 한 방패가 있었는데, 그 방패의 한 면은 금빛이고 한 면은 은빛으로 색을 입힌 것이다. 무사 두 사람이 서로 만나 말하되 한 사람은 방패가 금색이라 하고 한 사람은 방패가 은색이라고 하면서 서로 입이 터져라 언쟁을 하다가 끝내는 서로 맞붙어 싸워서 두 사람이 모두 크게 다쳐 그 자리에 쓰러지기까지 했다. 그때 마침 한 사람이 지나다가 이들을 보고 웃은 후에 그 방패의 반은 금이요 반은 은이라는 사실을 설명해 주었다. 우리의 좁은 소견이 종종 이와 같다.

●

우리는 자기가 옳다고 굳게 믿고 핏대를 세우는 경우가 많지만, 우리는 사실의 일부밖에 못 보고 우기는 경우가 많다. 잘났다고 목소리를 높일 일이 무엇이랴. 연암 박지원의 산문 「낭환집서蜋丸集序」 중에 비슷한 대목이 있다.

백호 임제가 말을 타려는데 하인이 말했다.

"나으리, 취하셨군요. 가죽신과 나막신을 각각 한 짝씩 신으셨네요."

백호가 그 하인을 꾸짖었다.

"오른쪽에 있는 사람은 내가 가죽신을 신었다 할 것이고, 왼쪽에 있는 사람은 나막신을 신었다 할 것이니, 무슨 상관이란 말이냐."

이 일을 말하면서 박지원은 '세상에 사람발처럼 잘 보이는 것도 없는데, 보는 곳이 같지 않으면 가죽신인지 나막신인지도 분간하기가 어렵다'고 했다.

자기가 분명히 눈으로 본 것이라도 사실은 진실이 아닐 수 있는 인간 지각의 한계를 명확히 드러내준다.

죽도록 싸웠더니 다 같은 것이다

•

옛날 어느 곳에 인도네시아인과 터키인과 헬라인과 아라
비아인이 모여서 이런 이야기 저런 이야기를 하다가 과일
중에 무엇이 제일 좋은지를 두고 이야기를 하게 되었다.
인도네시아인은 "앙구르Angoor가 제일이라" 하고 터키인
은 "오숨Ozum이 제일이라" 하고 아라비아인은 "이납Inab
이 제일이라" 하고 헬라인은 "누가 뭐래도 과일 중에는 스
토필니아Stophila가 제일이라" 하여 서로 다투며 끝이 나지
않았다. 그래서 "내일 각기 실물을 가져다가 놓고 비교하
여 결정하자" 했다.
이튿날에 가지고 온 것을 보니, 이것이네 저것이네 하던
것이 모두 똑같이 포도였다. 어떤 때에는 같은 사실을 가
지고라도 서로 정확히 알아보기 전까지는 서로 다투는 이
런 일이 있기 쉽다.

●

인간의 지식이란 바로 이런 것이다. 내가 옳다고 핏대만 세울 일이 아니다. 내 눈에는 분명히 옳았으나, 남의 눈에도 자기가 분명히 옳았을 것이니 인간의 이성이란 이런 것이다. 이 이야기를 우리나라 소재로 바꾼다면 이렇게 될 수 있다.

경기도 어느 곳에 살던 부부가 겪었던 일이다. 경상도가 고향인 남편이 이렇게 말했다.

"정구지 먹고 싶은데, 그것 좀 해줘요."

전라도에서 나고 자란 아내가 말했다.

"정구지가 뭔데요?"

"정구지도 몰라? 그 맛있는 걸……. 녹색의 가늘고 긴 풀 같이 생겼는데……."

아무리 설명해도 아내는 알아듣지 못했다. 어느 날 시장에 같이 갔다.

"정구지! 저것이 정구지예요."

"아, 솔."

"솔이 뭔데?"

"이게 솔이잖아요……. 이거 얼마예요?"

부부를 보던 가게 주인이 말했다.

"어떤 거 말씀이신가요? 아, 부추요? 한 단에 2,000원이에요."

"부추요?"

"예, 이거 부추라고 부르는데요."

"……."

하나의 대상인 부추를 두고 경상도에서는 정구지라 부르고,
전라도에서는 솔이라 부른다는 것을 그제야 알게 된 것이다.
인간의 앎이란 이렇다.

미련한 자

•

잣나무 열매는 음력 8월에 있는 추석이 지나면 진액이 나오는 법이다. 잣새가 잣을 먹으려고 날아가 잣나무에 앉으니 진액이 발에 붙어서 뗄 수가 없었다. "쩍쩍" 하고 슬피 부르짖으니 그 소리가 "이제는 다시 안 올게요" 하며 애걸하는 듯했다. 다행히 발을 떼어 날아갔다.

그 후에 잣새는 잣을 먹고 싶은 마음을 이기지 못해 다시 와서 잣나무에 앉았다. 진액이 전보다 많아진 까닭에 다시는 발을 뗄 수가 없게 되었을 뿐만 아니라 날개까지 붙어버렸다. 지나가던 새매가 보고 먹어버렸다. 죄에 가까이 하는 자는 이 잣새와 똑같은 사람이다.

●

경험을 통해서도 배우지 못하는 사람은 세상
에서 가장 어리석은 사람이다. 같은 잘못을
반복해서 하는 사람은 '개가 자기가 토한 것
을 도로 먹는 것'과 같다.

한 번 했더라면

●

한 아버지가 아들과 같이 길을 가고 있었다. 말 말굽에 대는 쇳조각인 편자가 아주 오래되어 떨어진 것을 보고는 아들에게 집으라고 했더니, 아들이 "쓸데없는 것을 위해 허리를 굽히는 것은 옳지 않습니다" 하는 것이었다. 그래서 아버지가 대신 집었다. 그들은 가다가 주막에 이르렀다.

아버지는 그 말 편자를 주고 앵두를 샀다. 다시 길을 가면서 아들 앞에 앵두를 하나씩 떨어드렸다. 앵두를 좋아하던 아들은 날씨가 더운 것에도 아랑곳하지 않고 앵두를 집어먹었다.

아버지가 앵두를 하나씩 떨어뜨렸으므로 아들은 쉴 새 없이 허리를 굽혀서 집어먹었다. 그때 아버지가 말했다.

"네가 아까 허리를 한 번만 굽혔더라면 지금 이렇게 여러 번 허리를 굽히지 않고도 앵두를 잘 먹었을 것이다. 이제부터는 아버지 말에 잘 순종하라."

•

사람에게는 청개구리 심성이 있어서 누가 무엇을 하라고 하면 하기가 싫다. 괜히 누가 무엇을 시키면 더욱 하기 싫어지기도 한다. 누군가의 말을 따르면 왠지 그의 부하가 되는 것 같고, 그보다 못한 사람이 되는 것 같아 거부감부터 들기도 한다. 하지만 당장 이해가 안 되고, 반항심이 불쑥 일어나도, 상대가 나를 사랑하는 분이라면 그분을 믿고 순종해보라. 순종은 내게 손해가 되는 것 같지만, 사실은 가장 내게 좋은 것이다.

잘못된 계산

●

여우가 나귀와 함께 약속하기를 "우리 둘이 무슨 어려움을 당하든지 서로 도와주자" 하고는 먹을 것을 찾으러 함께 갔다. 도중에 뜻밖에 사자를 만났다. 여우가 얼른 사자에게 가서 말했다.

"사자대왕님! 내가 대왕님을 위해 나귀를 인도하여 올 것이니, 내 목숨은 살려주십시오."

"그렇게 하지."

약속을 받은 여우는 나귀를 인도하여 데리고 가서 구렁텅이에 빠지게 했다. 여우는 마음속으로 생각했다.

'사자가 나귀를 잡아먹으러 구덩이에 들어가면 나는 그때 얼른 도망가야지.'

하지만 그때에 사자는 이렇게 생각하고 있었다.

'저 나귀는 이미 나의 밥이 되었으니, 여우부터 잡아먹어야겠다.'

죄의 값은 과연 사망이로다.

●

자기가 가기 싫은 자리는 남도 가기 싫은 법이다. 자기가 위험한 자리는 남도 위험한 법이다. 자기 살겠다고 남을 밀어넣는 것은 남만 죽이는 것이 아니요 자기도 죽이는 것이다.

부질없는 짓

●

어떤 훈장이 자기 집에 서당을 열고 글을 가르치는데, 그 앞집은 대장간이요 뒷집은 나무로 가구 등을 만드는 소목 방이었다.

앞뒤 집에서 밤낮으로 쉬지 않고 '똑딱똑딱' 하므로 하루 종일 글을 가르치고 피곤할 때에라도 단잠을 잘 수가 없었다.

그래서 훈장은 속으로 "두 놈이 어서 이사를 가야 내가 잠도 평안히 자고, 아이들 글 읽는 소리도 잘 들릴 텐데……" 했다.

목수와 대장장이가 이것을 눈치 채고 서로 귓속말을 했다. 하루는 목수가 훈장의 집에 와서 말하기를 "선생님! 수고해주실 일이 있습니다. 우리가 집을 팔았으니, 집문서 한 장 써주십시오" 하니, 훈장은 마음속으로는 매우 기뻐하면서도 겉으로는 섭섭한 척했다.

또 조금 후에 대장장이가 오더니

"선생님! 번거롭겠지만 이것 좀 해주십시오.
제가 집을 팔았습니다. 집문서 한 장 써주시면

좋겠습니다" 했다.

이때에 훈장은 속으로 '오늘이야말로 운수가 좋은 날이로 구나. 저 두 놈이 한꺼번에 이사를 갈 줄은 꿈에도 생각지 못한 것인데……' 했다. 훈장은 마음속으로 기뻐하면서 음식을 사다가 목수와 대장장이 두 사람을 대접하면서 계속해서 섭섭한 척을 했다.

목수와 대장장이 두 사람은 훈장에게 한 턱 잘 얻어먹은 후에야 이렇게 말했다.

"선생님, 너무 섭섭하게 여기지 마십시오. 멀리 이사 가는 것은 아니고 우리 둘이 서로 집을 바꾸어 이사하는 것뿐 입니다."

훈장은 그제야 깨달았다. 기쁨이 탄식으로 변했다.

"저런 원수들 같으니라고……. 아까운 돈만 공연히 허비 했구나."

●

사람은 말하지 않아도 상대의 감정을 어느 정도는 안다. 내가 누군가를 미워한다면 상대도 그것을 안다. 그러니 속마음과 다르게 겉으로 좋아하는 척하면 더욱 가증스러운 것이다. 하지만 사람은 또한 어떤 행동을 하다 보면 그런 감정이 따라오기도 한다.

그래서 지금은 밉지만 앞으로는 그를 사랑하기 위해 지금 당장의 마음과 달리 그에게 잘해주는 것도 좋다.

이것은 가식과는 다르다. 언젠가 진정으로 상대를 사랑하고 있는 자신을 발견할 날도 있다. 상대도 그런 감정을 언젠가 알아차릴 수 있을 것이다.

망각의 힘

●

으악새는 왜 그런 이름을 얻었을까? 그 새가 이른 봄부터 집을 지으려 했다. 조선식으로 기와집을 지을까 아니면 서양식으로 벽돌집을 지을까 날마다 이리저리 생각이 많았다.

고민이 많다 보니 어언간에 가을바람이 불고 겨울 추위가 왔다. 할 수 없이 강변에 나가서 갈대 잎을 약간 모아서 둥지를 지으니 처량하기가 한량없었다.

이 새가 스스로 탄식하면서 "으악, 으악" 했으므로 이것으로 이름을 삼게 된 것이다.

●

인도 대설산大雪山에 한고조寒苦鳥라는 새가 살았다. 이 새는 깃털이 없어, 밤이 깊으면 추위 때문에 고통을 겪었다. 오돌오돌 떨면서, '날이 새면 둥지를 틀어 추위를 이겨야지'라고 밤새도록 다짐을 했다. 그러나 해가 뜨고 나면, 주위의 경치가 아름다워 밤새 했던 다짐은 까맣게 잊어버리고 말았다.

추위의 고통은 이미 지난 밤의 일이고 현재 자신의 앞에는 눈과 마음을 매혹시키는 아름다움이 펼쳐져 있기 때문이다. 세상의 경치에 정신이 팔려 종일토록 노래만 하던 그 새를 기다리는 것은 추위라는 혹독한 시련이다. 그 밤 한고조는 다시금 추위라는 고통에 시달리며 지난밤과 똑같은 다짐을 한다. 그러나 이튿날도, 그 다음날도 이 새는 전날의 고통을 잊어버리고 세상이라는 유혹을 향해 눈과 마음을 쏟을 뿐이다. 인도 사람들은 이 새를 '망각의 새'라 부르면서, 자신들이 어리석고 게으른 중생이 되지 않기를 다짐한다.

우리가 이 세상을 살아갈 때 똑같은 어리석음을 범하고 있지는 않은지 반성해볼 일이다. 오늘밤의 다짐이 내일 아침 망각 속으로 돌아가지 않도록 하는 의지와 지혜가 필요한 때다.

게으름의 끝

●

어떤 산에 새끼 여우 한 마리가 있었는데, 성품이 매우 게을렀다. 키는 다 컸는데 자기 힘으로 먹을 것을 얻을 생각은 전혀 하지 않고 늘 누워서 잠만 자는 것이었다. 하루는 어미 여우가 새끼 여우에게 말했다.

"이제 다 컸으니 네 힘으로 먹을 것을 찾아라. 이제부터는 내가 먹을 것을 주지 않을 것이다."

먹지 않고는 살 수 없는 까닭에 할 수 없이 이날부터 게으른 새끼 여우는 자기 힘으로 먹을 것을 찾기 시작했다. 하지만 본래 너무나 게으른 놈이니 열심히 할 리가 있겠는가? '여기저기 산골짜기를 다닌다 해도 먹을 것을 찾지 못할 것이니, 밤이 되기를 기다렸다가 마을에 내려가서 사람의 먹을 것을 도적질해야겠다.'

새끼 여우는 이런 생각을 하면서 잠을 자다가 밤이 되자 어슬렁거리며 마을로 내려갔다. 밭에 들어가 농부가 농사지어 놓은 곡식을 도적질해서 먹고,

그다음에는 어느 집에 들어가서 밥을 훔쳐 먹었다. 이제 배가 불렀다. 본래 게으른 여우라, 배가

부르고 나니 움직이기가 싫었다.

"아, 참 기분 좋다. 배가 잔뜩 부르구나. 배부르게 먹었으
니 걸어가기가 힘들다. 어디 쉴 곳을 찾아 잠이나 자야겠
다."

여우는 한 곳에 이르러 잠을 자기 시작했다. 한 농부가 지
나다가 여우가 잠자는 것을 보고는 생각했다.

"여우의 귀를 베어가지면 무엇이든지 잘 듣게 된다고 하
더라. 그러니 귀를 베어가야겠다."

농부는 허리춤에서 낫을 뽑아 귀를 베어갔다. 여우가 아
파서 잠이 깨어 살펴보니 두 귀가 다 없어져 있었다.

"큰일 났구나. 어쩐다지……? 아, 그래도 졸린다 졸려. 귀
가 베어졌어도 죽지는 않는다. 아무것도 못 듣는다 해도
괜찮지 뭐. 어머니 잔소리도 듣지 않을 테니 그것도 좋다."

여우는 그냥 계속 잠을 잤다.

이번에는 한 목자牧者가 지나다가 자고 있는 여우를 보았다.

"이 여우의 꼬리를 베어 소의 몸에 붙는 파리를 쫓는 데
쓰면 좋겠다."

그렇게 말하고 여우의 꼬리를 베어갔다.

그다음에는 아이들이 지나다가 잠자고 있는 여우를 보았다. "사냥꾼에게 말해주자. 그런데 그러는 사이에 도망가 버리면 안 되니까 도망 못 가게 발을 잘라놓자."

아이들은 여우의 발을 베고 사냥꾼을 불러왔다. 이때에도 새끼 여우는 도망칠 생각도 않고 "사람이라는 것들은 정말 못된 놈들이구나. 남이 깊이 잠을 자고 있는데 귀를 베어가고, 꼬리를 베어가고, 발을 베어가는구나. 하지만 목만 베지 않으면 죽지는 않는다" 하고는 또 잠을 자려고 하는 것이었다.

이때 사냥꾼이 총을 가지고 달려왔다. 그때에야 도망치고자 하나 할 수가 없어서 결국 잡혀 죽었다. 게으른 자는 이 이야기로 경계를 삼을지어다.

●

게으름은 생명을 죽일 수도 있는 무서운 것이다. 게으름이 개인의 꿈을 빼앗기도 하고, 개인의 생명을 앗아가기도 하며, 가정을 송두리째 무너뜨리기도 한다.

게을러 늘 누워 있기만 하는 남편을 언제까지나 사랑하며 보살펴주며 부양할 아내는 없고, 게을러 늘 놀기만 하는 자식을 언제까지나 아무 말 없이 사랑하며 보살펴 줄 부모도 없다.

다툼이 점점 일어나고 그 사이에 서로의 마음에 상처를 입히다가 결국 그 가정과 그 관계 자체를 깨뜨려버리기도 한다. 게으름은 못할 것이 없다.

죽은 말에게 꼴 먹이기

●

어떤 사람이 8월 추석에 산에 올라 묘 앞에 음식을 차려놓
았다. 한 아이가 보고 그것이 허망한 것임을 깨닫게 해주
려고 했지만 얼른 좋은 방법이 생각나지 않았다.

마침 그 곁에 죽은 말의 두개골이 있었다. 이것을 보고는
꼴을 가져다가 손으로 죽은 말의 입에다 넣어주면서 "이
거 먹어라, 먹어" 하며 굳이 권했다.

묘 앞에 있던 사람이 보고 야단을 치며, "애야, 죽은 말이
어떻게 꼴을 먹겠느냐?" 하니, 아이가 "그렇다면, 죽은 사
람이 어떻게 음식을 먹겠습니까?" 했다.

그 사람이 크게 깨달아 허망한 일을 한 것을 후회하고 고
쳤다고 한다.

●

기독교 선교사들이 조선 땅에 처음 들어왔을 때 이 땅의 문화는 존중하면서도 미개하거나 어리석은 풍습이라고 여겨지는 것들은 고치려고 노력했다. 조상이 죽으면 귀신이 된다는 인식도 그중에 하나였다. 조선 사람들은 조상이 죽으면 귀신이 된다고 여겨서 시신에 절을 하고 시신을 땅에 묻고는 그 묘소에 또 절을 하며 자손들을 보호하면서 복을 내려달라고 빈다. 기독교 십계명 중에 제5계명이 '네 부모를 공경하라'다. 즉, 기독교는 부모가 살아 계실 때 정성을 다해 섬기는 것은 권하면서, 죽은 사람이 귀신이 된다거나 영험한 힘이 있다는 것은 거짓임을 힘써 전했다. 이 이야기는 그렇게 전하는 데에 사용되기도 한 예화인 것이다. **죽은 자를 섬길 것인가, 산 진리를 따를 것인가?**

자랑과 망신

●

들짐승들이 모여 자기 자손 많은 것을 자랑했다. 한참을
왁자지껄하다가 어느 짐승이 암사자에게 물었다.
"그대는 한 번에 자식을 몇씩이나 낳는가?"
암사자가 웃으며 말했다.
"한 번에 하나씩이다. 그러나 낳는 것마다 다 사자다. 천
하에 귀한 것은 많은 것으로 되는 것이 아니니, 어찌 숫자
로 귀천을 정하리오."
모든 동물이 말을 잃었다.

●

진짜 고수, 진짜 중요한 사람은 함부로 자랑하며 남을 깔보지 않는다. 말끝마다 자랑이요, 그 자랑의 말이 끝날 줄 모르는 사람이야말로 정말 별 볼일 없는 사람이다. 자랑할 것이 그것밖에 없어서 그게 들통날까봐 오히려 요란스럽게 자랑하는 수가 많다. 자랑하지 않았더라면 망신도 당하지 않았을 것이요, 그들만의 가치도 존중받으며 지냈을 수도 있다. 하지만 자랑하며 비교하며 남을 깔보려 하다가 더욱 고개를 못 들게 된 경우다. 수도 중요하기는 하다. 하지만 질이 중요한 것도 있다. 많은 경우 질은 수를 이긴다.

뽕나무로 거북이 삶기

●

어떤 사람 하나가 거북이를 잡았다. 솥에 넣고 불을 아무리 지펴도 거북이가 죽지 않았다. 하는 수 없이 도로 바다에 던져주려고 등에 지고 가다가 뽕나무 아래에 앉아서 쉬고 있었다.

거북이가 거만한 태도로 "천하에 모든 나무를 다 합쳐도 나를 삶을 놈이 없도다" 하니, 뽕나무가 거북이의 말을 듣고는 화를 버럭 내며 말했다.

"여기 내가 있거늘 네가 어찌 그렇게 거만하게 말하느냐?"

앉아서 쉬던 사람이 그 말을 듣고는 즉시 일어나 뽕나무를 베어가지고 집에 돌아왔다. 거북이를 다시 솥에 넣고 그 뽕나무로 불을 지펴 삶으니 거북이는 결국 죽었다. 말을 조심하게 하지 않았기 때문에 둘이 다 생명을 잃게 된 것이다.

●

교만의 폐해는 끝이 없고, 겸손의 이익은 한이 없다. 「잠언」
16장 18절에는 '교만은 패망의 선봉이요 거만한 마음은 넘
어짐의 앞잡이니라' 했다.

조선 건국에 큰 공헌을 한 정도전鄭道傳은 「금남야인錦南野人」
이라는 글에서 "자기가 현명하다고 자처하면서
남을 대하면 남들이 인정하지 않고, 자기가
지혜롭다고 자랑하면서 남을 대하면 남들이
도와주지 않는다"고 했다.

누가 심을 것인가

•

어떤 재판소에서 한 도적을 재판하게 되었다. 사형에 처하려고 할 때에 그 도적이 말했다.

"내가 죽는 것은 아깝지 않습니다만, 죽기 전에 왕께 한 말씀 드리고 싶습니다."

재판장이 왕께 아뢰었더니 왕이 허락했다. 그 도적이 왕의 앞에 나아가 좌우 사람을 모두 나가게 한 후 말했다.

"저에게 귀한 구슬이 하나 있는데, 죄 없는 사람이 심어야 싹이 나서 열매를 맺을 수 있습니다. 왕께 이 구슬을 드리고 싶습니다."

왕이 생각해보니, 자기도 죄가 많은 사람이었다. 그래서 대신들을 불러 구슬에 대해 설명하고 심으라고 했다. 하지만 대신들도 감히 그 구슬을 심지 못했다.

이때에 도적이 머리를 들고 세상에 죄 없는 사람이 하나도 없는 것을 탄식하니, 왕이 그를 놓아주었다.

●

「요한복음」 8장에 보면, 간음을 하다 현장에서 잡힌 여자를 끌고 와서 어떻게 할 것인지 예수께 묻는 대목이 나온다. 어떻게 대답하든지 그것을 꼬투리 삼아 예수를 고발하여 없애 버리려고 벼르던 그 사람들에게 예수가 이렇게 대답한다.

"너희 중에 죄 없는 자가 먼저 돌로 치라."

이 말을 들은 사람들은 양심에 가책을 느껴 어른부터 시작하여 젊은이까지 하나씩 하나씩 다 나갔다고 적혀 있다.

이 이야기는 죄 없는 사람이 하나도 없다는 것을 강조하기 위해 절대 불가능한 상황을 설정했다. '구슬에서 싹이 난다'는 것이 바로 그런 불가능한 상황의 예다. 죄 없는 사람이 되는 것은 그만큼 절대적으로 불가능하다.

모두가 죄인이라면 죄 없어야만 받는 구원을 인간의 힘으로 얻을 수 없다는 것이 자명해진다. 여기가 기독교 신앙이 시작되는 자리다.

무엇을 보고 있는가

●

어린아이가 떡 한 덩이를 가지고 아이들 가운데에서 놀고
있었다. 큰 아이 하나가 그 떡을 빼앗아 먹고 싶어서 어린
아이에게 말하기를 "내가 이 떡으로 달걀을 만들어줄게"
하니, 어린아이가 기뻐하며 허락했다. 큰 아이가 사면을
다 베어 먹어 달걀 모양을 만들어주니, 어린아이가 기뻐
하며 받는 것이었다.

조금 후에 큰 아이가 말하기를 "내가 이제는 이 떡으로 하
늘에 있는 달 모양을 만들어줄게" 하더니 위아래를 베어
먹고 달 모양처럼 둥글게 해서 주니, 어린아이가 역시 기
뻐하는 것이었다.

또 조금 있다가 다시 말하기를 "내가 이번에는 초승달 모
양을 만들어줄게" 하더니 다시 절반을 베어 먹고 또 가운
데까지 먹은 뒤에 돌려주었다.

그런데도 어린아이는 알지 못하고 기뻐하면서 받는 것이
었다. 마귀가 사람을 꼬임이 또한 이러하다.

인간은 스스로 매우 똑똑하다고 여기지만 악
앞에서, 유혹 앞에서 자주 어린아이처럼 어리
석다.

만족할 줄 아는 사람

●

어떤 집에서 나귀 한 마리를 키우며 가끔씩 이동하는 데
에 사용하고 있었다.

어느 날 나귀는 '주인이 내게 먹을 것은 적게 주고 고생은
많이 시키고 있다'고 생각했다. 그래서 신께 기도했다.

"주인을 바꾸어 주십시오."

신께서 기와 장수 집으로 보내주었다. 새 주인은 나귀에
기와를 싣고 여러 곳을 다녔다. 무거워 견딜 수가 없었다.
힘든 것이 저번 집보다 심했다. 다시 신께 나아가서 주인
을 또 바꾸어 달라고 기도했다.

신께서 이번에는 가죽 장사 집으로 보내주었다. 주인이
가죽을 한꺼번에 많이 실었다. 그래서 기와보다 무거웠
다. 그때에야 나귀는 비로소 깨닫고 탄식했다.

"내가 첫 번 주인댁에 계속 있든지, 아니면 다음 주인댁에
그대로 있었더라면 좋았을 것을…….

이제 이런 주인을 만났으니 내가 비록

죽는다 해도 주인은 내 가죽을 팔아

이익을 보려 할 것이다."

●

어떤 사람은 처하게 되는 환경마다 불만족스럽다고 말하면서 거기를 떠나려 한다. 떠나려는 마음이 있기 때문에 현재 하고 있는 일에 온 마음을 쏟지 않는다. 그러다가 환경을 바꾸면 또 그것이 불만족스럽다고 하면서 바뀐 곳에도 마음을 쏟지 않는다. 이렇게 하기를 계속한다. 결국 그는 단 한순간도, 단 한곳에도 모든 것을 쏟지 못한 채 시간을 보내버리게 된다.

현재의 삶과 환경에 만족할 줄 아는 사람이 가장 행복하다. 그렇다고 각 환경에서 늘 주저앉아 있으라는 말이 아니다. 정기적으로 자리를 옮기면서 자기 가치를 높이는 것이 현명한 처세술이라고 말하기도 하는 세상이다. 그렇다. 그럴 수도 있다. 하지만 옮겨진 그곳에 있을 때를 말하는 것이다. 어느 때 어느 곳으로 옮기든 만족하고 기뻐하면서 내 모든 것을 쏟으라. 그러다가 또 옮기게 되면 그 옮긴 곳에서 그렇게 살라. 그 사람이 진정 행복한 사람이다.

사슴의 탄식

●

어떤 사슴이 사냥꾼에게 쫓겨 포도덩굴 속에 숨었다. 덩굴이 무성해 사냥꾼은 결국 사슴을 찾지 못하고 지나갔다. 숨어 있던 사슴은 안전해졌다고 생각하면서 덩굴에서 잎을 하나둘 떼어먹었다.

사냥꾼이 그 앞을 다시 지나가다가 사슴을 보고 총을 쏘았다. 결국 사슴은 생명을 잃었다. 사슴이 죽을 때에 이렇게 탄식했다.

"내가 죽는 것이 마땅하다. 포도잎은 내 생명이었는데 내가 어찌 그 잎을 떼어먹었던가!"

●

가장 중요한 것은 생명이다. 누구 덕에 생명을 받았고, 그 생명을 유지하고 있는지 잊어버리는 사람이 많다. 생명을 위해 해야 할 일, 하면 안 되는 일이 무엇인지 생각해보아야 한다. 내 생명을 지켜주는 것들이 있다. 의, 믿음, 신뢰……. 이런 것들을 잃으면 온갖 적의 공격에 삶이 쉽게 무너져버리고 만다. 지켜야 할 것은 지켜야 한다. 이것을 아는 것이 지혜다.

나귀의 흉내내기

•

어느 집에 한 나귀가 있었다. 가만히 살펴보니 같은 집 사는 개가 주인의 사랑을 많이 받는 것 같았다. 개가 주인에게 앞발을 얹으면 주인은 매우 좋아하면서 쓰다듬어 주는 것이었다. 그래서 "나도 주인이 어디 갔다 올 때에 저렇게 해봐야지" 하고 결심했다.

며칠 후에 주인이 외출했다 돌아오자 고삐를 끊고 나가 앞발로 주인을 덮쳤다. 주인은 사랑해주기는 고사하고 도리어 크게 화를 내며 나귀를 마구 때리는 것이었다. 나귀는 자기가 잘못했나 하며 후회했다.

며칠 후에 원숭이가 지붕에 올라가서 주인께 경례를 붙이는 것을 보았다. 그 모습에 주인이 기뻐하는 것 같았다.

나중에 나귀 역시 지붕에 올라가 앞발을 들어 경례를 부쳤다. 그랬더니 주인이 또 버럭 화를 내며 "이 놈의 나귀가 지붕을 부셔서 못쓰게 되었구나" 하며

오히려 나귀를 흠씬 때려주었다.

●

무턱대고 남을 흉내내는 것은 자기에 대한 생각이 잘못되었을 때 나오는 행동이다. 남은 한 없이 잘나고 뛰어난 것 같고, 나는 한없이 못나고 안 된 것 같을 때, 남은 많은 사랑을 받는데 나는 미움을 받거나 무관심 속에 있는 것 같을 때, 남은 가치 있는 사람 같은 반면 나는 무가치한 사람 같을 때 나오는 행동이다. 하지만 이 모든 것은 착각이다.

조물주는 실수가 없으시다. **나는 나이기 때문에 가치 있고 귀하다.** 또 누군가가 다른 누군가와 다르다고 미워하거나 야단치지 마라. 그들은 서로 다른 사람이며, 다르게 살아야 잘 사는 것이며, 다르게 살아야 가장 귀하게 사는 것이다.

천성과 거처

●

게 한 마리가 있었다. 바다에만 있는 것이 재미가 없다고 생각하고 뭍으로 올라왔다. 땅에 구멍을 뚫고 거기 살면서 사람이 농사지어 놓은 곡식을 먹으며 지냈다. 여우가 먹을 것을 찾으러 내려왔다가 게를 보고 잡아먹어 버렸다. 게가 죽을 때에 이렇게 탄식했다.

"내가 왜 내가 있던 곳을 떠났다가 이런 죽음을 당하는가?"

●

사람은 자기가 지금 살고 있고, 갖고 있는 것에 끊임없이 불만을 터뜨리며 다른 세계를 꿈꾼다. 하지만 무분별한 호기심은 인생을 송두리째 망치기도 한다. 마약과 술과 담배와 요란한 음악이 있는 밤 문화의 세계가 매우 재미있어 보이지만, 사람이 그런 곳에 드나들면서 죄를 짓지 않거나 타락하지 않는 경우는 드물다.

여섯 번째 충고 죽
          음

당신의 영혼을 부르는 호출장에
"○○년 ○월 ○일 ○시 ○분에
하나님의 공의로우신 심판대 앞에 출두하시오"라고
할 것임을 잊지 마시오.

황제라 했다가는 묘에도 못 들어간다

•

오스트리아 황제 프란츠 요제프Franz Joseph가 죽었다. 거행한 장례 의식에 대해 기이한 사실을 들어서 여기에 쓴다.

오스트리아에는 옛날부터 황제의 지위가 매우 존귀하나 마지막에는 보통 사람과 똑같이 대우하는 장례 의식이 있다. 이런 까닭으로 이번에 황제의 장례 의식에도 전부터 전해지던 예식을 행했다.

돌아가신 황제의 영구와 호송하는 신하들이 묘지에 이르기 전에 먼저 한 사람을 보내 묘의 문 앞에 서서 영구를 막고 들이지 않게 한다. 그가 이렇게 말한다.

"너희들이 지고 온 자가 누구냐?"

호송하는 사람들이 대답한다.

"돌아가신 황제 프란츠 요제프다."

그러면 묻는 자가 말하기를 "나는 저 사람이 어떤 사람인지 알지 못하니 들어갈 수 없다" 한다.

두세 번 따질 때에 무리들이 소리를 지르기를

"이분은 오스트리아의 황제요 사도의

왕이시다" 한다.

이와 같이 존귀한 인물이기는 해도, 묻는 자가 다시 말한다. "내가 본래 저 사람이 어떤 사람인지 알지 못하니 들어가 지 못한다."

세 번째 따질 때에 장례 의식을 주관하는 자가 비로소 대 답하기를 "우리의 동포요, 죄 많은 프란츠 요제프다" 한 다. 이때에 이르러서야 묘의 문을 비로소 열어, 황제의 관 과 호종하는 신하들이 모두 들어갈 수 있게 된다.

그러므로 사람들이 장차 주의 큰 날에 심판대 앞에서 혹 은 죄인이라 정해지며 혹은 의인이라 칭해지는 것이, 전 에 가진 재물이나 지위로 평가되지 않고 모두 자유 율법 으로 평가된다.

그런 까닭으로 『성경』에 말하되 "불의를 행하는 자는 그 대로 불의를 행하고 더러운 자는 그대로 더럽고 의로운 자는 그대로 의를 행하고 거룩한 자는 그대로 거룩하게 하라 보라 내가 속히 오리니 내가 줄 상이 내게 있어 각 사 람에게 그가 행한 대로 갚아 주리라"(『요한계시록』22:11~12) 했다. 그런 까닭으로 회개할 때가 이미 지나버리고 구원의 문이 닫히게 되면 비록 슬피 통곡해도 어쩔 수가 없게 된다.

여러분! 이 세상 끝날이 장차 이를 것인데 오늘 마음을 다해 주를 믿고 의지하면 반드시 심판대 앞에서 의롭다 칭함을 얻어 천국문에 들어갈 수 있을 것이지만, 그렇지 않으면 공의의 벌을 피할 수 없게 되니 두렵지 않으며 삼가지 않으랴.

●

장례식에 묘지로 들어가는 문을 막고 누구냐고 물어보는 의식을 하는 것이 인상적이다. 황제이지만 황제라고 대답하면 못 들어가고 그저 보통 사람처럼 '죄인 아무개다'라고 해야 들어간다는 것이다. 세상 지위나 재물은 다 놓고 삶 자체로 평가 받게 된다면 나는 어떠한 사람인가?

세계는 극장, 인생은 배우

•

이 세계는 하나의 큰 극장과 같다. 왕과 귀족과 정치가, 지혜로운 사람과 어리석은 사람, 군인과 학자, 부자와 승려, 빈민과 거지 등이 섞여 산다.

한쪽에는 교만하고 존귀하며 위대한 것을 자랑하는 자가 있고, 한쪽에는 가난하고 약하며 궁핍한 것을 탄식하면서 세상을 보내는 자도 있다.

둘 사이에 큰 구별이 있다. 하지만 하루아침에 죽음이 오면 살찐 제왕이었던 자나 비쩍 마른 거지였던 자나 똑같이 땅으로 돌아간다. 이는 연극의 막이 내리면 배우가 분장실에 돌아가 가발을 벗고 분장과 의상까지 벗고 나면 무대에서의 모습이 전부 없어져 흔적조차 남지 않는 것과 같다.

인간이 세상에서 사는 것은 배우가 극장에서 어떤 배역을 맡아 연기하는 것과 같다고 했다. 배우는 그 배역 자체가 아니다. 연극이 진행되는 동안 잠깐 그 역할을 맡을 뿐이다. 연극이 끝나면 그는 그 배역이 아니라 그 사람 자체로 돌아가며, 다른 이들도 그를 그렇게 대우한다. 우리가 이 세상의 삶을 마치게 되는 날 우리는 모두 한 사람의 귀한 존재로 똑같이 대우 받을 것이다. 이 세상에서 어떤 일을 하며 사는지에 대해 우쭐하거나 기죽지 마라. 단지 역할이었을 뿐이니 어찌 그것으로 교만하며, 어찌 그것으로 부끄러워하리오.

달팽이 뿔만 한 세상에서 사는 인생

•

사람의 수명이 비록 100세라고 하나 서쪽으로 가는 지는 별이요, 별똥별의 별빛이며, 흰 망아지가 휙 지나갈 만한 거리요, 바람 앞의 미약한 등불이며, 풀잎 끝에 달린 이슬과 같다. 부싯돌에서 불꽃 이는 동안만큼 살면서 길다 짧다 다투며 보내버리는 세월이 얼마이며 달팽이 뿔만 한 세계에 살면서 내가 낫다 네가 낫다 논쟁하는 것이 무슨 대수냐. 소나무는 천 년을 산다 해도 끝내는 썩지만, 무궁화는 하루만 피었다 지는데도 스스로 영화롭게 여긴다.

●

이것은 중국 당나라의 유명한 시인인 백거이白居易의 두 시에
서 두 구씩 끌어다 쓴 것이다.

> 달팽이 뿔 위에서 무엇을 다투리오
> 부싯돌서 빛 이는 동안만큼 사는 몸인 걸.
> 부한 대로 또 가난한 대로 즐거우면 되지
> 입 벌려 웃지 않으면 그가 바로 바보지.
>
> —술을 대하고對酒
>
> 큰 태산이 작은 털 끝을 함부로 할 것 없고
> 횡사한 안자도 장수한 노팽 부러워할 것 없네.
> 소나무가 천 년이라도 끝내는 썩어지고
> 무궁화는 하루라지만 스스로 영화로 여기네.
> 어찌 세상에 연연하여 늘 죽을까 걱정하고
> 또 이 몸을 싫어하고 세상을 싫어하리오.
> 살고 죽는 것이 모두 헛것에 불과한데
> 헛것인 인간이 애락으로 어찌 정에 매이리.
>
> —말을 내뱉노라放言

잔치자리에 해골 걸어두는 뜻

●

이집트 사람에게는 연회장 문에 뼈骸側骨나 관을 두는 이상한 풍속이 있다. 이것은 손님들에게 과도한 오락을 하지 말라고 경계하는 뜻이다.

로마 사람은 연회장 문에 뼈骸側骨를 보이게 놓아둔다. 이것은 사람의 생명이 매우 짧음을 보이는 것이다.

●

분명 서로 다른 두 나라인데 풍습이 비슷하다. 물건 자체는 흉측하나 뜻은 새길 일이다.

관이 나갈 문

•

한 부자가 집을 넓고 크게 지은 후 국내에서 칭송 받는 사람들을 청해 낙성연을 벌였다.

초대받은 사람들이 다들 건축의 화려함을 칭찬하는데, 한 목사가 탄식하기를 "저 문을 내지 않았으면 좋았겠다" 했다. 주인이 "어느 문을 말씀하십니까?" 하고 물었다.

"관이 나가는 문이 없다면 좋을 텐데 지금은 있으니 어찌하리오?"

주인이 비로소 깨닫고 회개하니라.

●

누구에게나 죽을 날이 있다. 천년만년 살 것처럼 화려한 집을 짓는 것에만 신경 썼지 자신에게 죽을 날이 있다는 것에 주목하지 못하는 부자를 깨우친 것이다.

영혼의 호출장

•

당신의 영혼을 부르는 호출장에 "ㅇㅇ년 ㅇ월 ㅇ일 ㅇ시 ㅇ분에 하나님의 공의로우신 심판대 앞에 출두하시오"라고 할 것임을 잊지 마시오.

●

호출장을 말하면서 연월일뿐만 아니라 분까지 명확히 적었다. 그렇게 갑자기 정확하게 죽음을 맞이하게 될 것이다. 또 죽음과 동시에 하나님의 심판대 앞에 설 것도 명확하다. 죽음의 날은 곧 출두일이다. 어떻게 살 것인가?

죽지 않는 사람은 없다

●

옛날에 어느 늙은 할머니가 있었다. 오직 아들 하나만 있었는데, 이 아들이 병에 들어 먼저 죽고 말았다. 시신을 묘에 묻고 그 앞에서 매우 슬퍼했다.

"내가 이 아들 하나에 의지하여 노후를 보내려고 했는데, 이제 나를 버리고 죽었구나. 내가 같이 죽으리라."

할머니는 이렇게 말하면서 4~5일을 먹지도 마시지도 않았다.

이때에 천사가 나타나 말했다.

"무슨 까닭으로 묘 앞에 있느냐?"

"내 아들이 나를 버리고 죽었습니다. 내가 이 아들을 매우 사랑하여 같이 죽으려 합니다."

천사가 다시 말했다.

"아들을 살리기 원하느냐?"

이 말에 할머니는 크게 기뻐 소리치며 말했다.

"원하다마다요. 꼭 살리고 싶습니다."

그러자 천사가 말했다.

"일찍이 사람이 한 명도 죽지 않은 가정을 찾아

그 불씨를 찾아오면 네 아들을 살려주겠다."

할머니는 기뻐하며 뛰어나가 집집마다 다니며 물었다.

"당신의 집에 전에 죽은 사람이 있습니까 없습니까?"

그러자 집 주인이 말했다.

"선조 이래로 다 죽었지요."

다른 집으로 찾아갔다.

"당신 집에서 전에 죽은 사람이 있나요?"

또 집 주인이 말했다.

"당연히 있지요. 우리 부모님도 다 돌아가시고 저만 있는 걸요."

어느 곳을 가나 마찬가지였다. 도저히 그런 집의 불씨를 얻을 수가 없었다.

할머니는 다시 천사에게 돌아가 말했다.

"아무리 돌아다니며 불씨를 구하려고 했으나, 그런 집이 없었습니다."

천사가 말했다.

"세상이 만들어진 후 죽지 않은 사람이 없는데, 어찌 아들을 따라 함께 죽고자 하느냐?"

드디어 할머니는 세상의 이치를 깨달아 크게 위안을 얻었다.

●

사람은 누구나 죽는다. 그 죽음에 대해 말하기를 아주 꺼리거나 그것에 대해 생각조차 않는 이들까지 있다. 죽음이 무서워 묘지가 삶의 공간 가까운 곳에 있으면 혐오시설이라며 결사반대하는 사람도 많다. 하지만 죽음이란 우리가 훨씬 친근하게 생각할 만한 단어다.

우리도 시간의 흐름에 따라 자연스럽게 죽는다며 오히려 죽음조차 기쁨으로 편안하게 맞이할 수 있어야 한다. 죽음을 앞두고 그간 신세를 진 분들을 모시고 감사 인사 나누며, 사랑을 고백하는 시간이 필요하다. **죽음은 자연스러운 과정이며, 새로운 시작이기도 하다.**

해설

삶의 지혜와 진리를 담다

●

재담才談은 특별한 형식 없이 만들어진 우리나라 고유의 단편 이야기를 말한다. 『만고기담萬古奇談』은 일제시대에 나온 재담집이다. 조시한趙時漢이 편찬했으며, 평양의 광명서관과 경성의 예수교서회라는 두 곳에서 발행했다. 이 책 「서언」 끝에 1919년이라고 적혀 있으며, 이때 나온 초간본은 아직까지 발견되지 않고 1924년인 다이쇼大正 13년에 정정재판訂正再版으로 펴낸 책이 한국학중앙연구원 장서각에 소장되어 있다.

편찬자인 조시한은 일제시대 북한 지역에서 활동한 기독교 목사다. 일제 초기에 독립운동을 했다는 이유로 구금되기도 했으나 주로는 평북 정주 지역 여러 교회의 담임

목사로 활동한 인물이다. 그 밖에 그의 활동이나 그가 남긴 또다른 책이 있는지 등은 알 수 없다.

『만고기담』은 첫 장에 있는 「서언」에 "이 책은 내가 10년간 보고 들은 것에서 선택하고 모은 것이다. 교역자와 교육가가 강단에서 사용할 자료로 제공하여, 그들에게 만에 하나라도 도움이 되게 하려고 만든 책이다"라고 했다. 설교자와 교육자들이 청중의 흥미를 끌면서도 그들로 하여금 어떤 깨달음을 할 수 있도록 만들 만한 이야기를 모아 제공하려던 것이 이 책의 제작 의도였던 것이다.

『만고기담』에는 우리나라 옛 이야기는 물론이요 서양 여러 나라 사람들의 일화도 많이 나온다. 서양에서 널리 알려진 이야기 책인 『이솝우화』도 다수 포함되어 있다. 문체 역시 통일되어 있지 않아서 토시만 한글일 뿐 온통 한문으로 된 이야기도 많고, 한글로만 된 이야기도 많다. 그런 식으로 모든 것이 섞여 총 290편의 일화가 수록되어 있다. 이 책은 뭔가 통일된 완성도를 갖춘 창작물로 만든 책이 아니라 오직 강단에 서는 사람들이 이용할 수 있는 도

구로 언급할 만한 다양한 이야기를 모으는 데 목적이 있었음이 잘 드러난다.

그런 면에서 이 책에 실린 이야기는 크게 두 가지 목적을 지향하고 있음을 쉽게 알 수 있다. 하나는 청중에게 깨달음을 주게 하는 것이요, 하나는 청중의 웃음을 유도하는 것이다. 그래야 이야기 자체로서도 교육 효과가 있을 것이요, 청중의 관심을 집중시켜 강단에 선 자에게 직접적 도움을 줄 수 있었을 것이기 때문이다. 이 책에 실린 일화 자체는 본래 기독교적인 내용이 전혀 아닌 것도 많다. 종교성이 전혀 없는 여러 이야기를 가져와 이야기한 후에 끝에 가서야 편찬자가 기독교적인 시각을 담아 해석하는 한두 줄의 소감을 쓰는 형식을 썼을 뿐이다.

『만고기담』에는 당시의 복잡하고도 미묘한 정치 문제는 철저하게 배제되어 있는 대신 사회문화적인 문제, 개인 생활 태도의 문제가 집중적으로 나온다. 나쁜 풍습을 지적하고, 어리석음을 깨닫게 하는 삽화를 많이 실었다. 그런 깨달음은 혼란한 사회에서 어떻게 살지 몰라 방황하는 당시 우리나라 사람들을 향해 '무조건 남을 따라할 것이 아니요 자신을 살피라'는 메시지로 연결되어 이에 관한 일화들이 곳곳에서 나온다.

1900년대 초기 우리나라의 교육, 문화, 생활 등 모든 면에서 기독교의 영향을 받지 않은 것이 없다. 오늘날처럼 기독교의 것, 기독교의 것이 아닌 것의 구별이 없었다. 기독교출판사가 펴낸 책이라도 이 책은 삶의 지혜와 진리를 대중에게 쉽게 알려주기 위해 만든 이야기책이다. 기독교 신자인지 아닌지의 구별이 없이 당시를 살던 모든 대중을 위한 책이었고, 많은 대중이 이런 이야기를 보고 들으며 생각하며 살았다. 100년 전에 나온 것이지만 사람살이는 거기서 거기이고, 사람의 마음이나 느낌도 늘 똑같다. 그래서 이 책에 실린 여러 이야기는 누구나, 지금 읽어도 좋은 것이 많다. 이것이 이 시대에 100년 전에 나온 재담집을 다시 읽어보자고 출간하는 이유다.

출처

네 번째 충고: 행동 방식

여섯 번째 충고: 죽음

백년 전의 충고
만 고 기 담

ⓒ 서신혜 · 손희정, 2014

초판 1쇄 2014년 4월 25일 찍음
초판 1쇄 2014년 4월 30일 펴냄

글 | 서신혜
그림 | 손희정
펴낸이 | 강준우
기획 · 편집 | 박상문, 안재영, 박지석, 김환표
디자인 | 이은혜, 최진영
마케팅 | 이태준, 박상철
인쇄 · 제본 | 제일프린테크

펴낸곳 | 인물과사상사
출판등록 | 제17-204호 1998년 3월 11일

주소 | (121-839) 서울시 마포구 서교동 392-4 삼양E&R빌딩 2층
전화 | 02-325-6364
팩스 | 02-474-1413
www.inmul.co.kr | insa@inmul.co.kr

ISBN 978-89-5906-255-3 03810
값 12,000원

이 도서의 국립중앙도서관 출판시도서목록(CIP)은 서지정보유통지원시스템 홈페이지(http://
seoji.nl.go.kr)와 국가자료공동목록시스템(http://www.nl.go.kr/kolisnet)에서 이용하실 수 있
습니다. (CIP제어번호: CIP2014012882)